別れたはずの凄腕ドクターが婚約者として現れたら、甘い激愛を刻みつけられました

marmaladebunko

JN052491

マーマレード文庫

その剣也さんと結婚だなんて……絶対にあり得ない。

身震いした刹那、再び遠藤のおじ様の声が聞こえる。

『医者と言っても色々な人間が居るからな……聖明会の跡取りと知れば、下心のある財産目当ての男が近づいてくる可能性だってある。莉羅ちゃんがそんな男に騙されて結婚すると言い出したらどうするんだ？』

ドアの隙間から見える父様の顔が強張るのがはっきり分かった。

『それは困る。莉羅には私が納得した相手と結婚して幸せになってもらいたい』

父様の言葉に頷いた遠藤のおじ様が身を乗り出す。

『それにだ。莉羅ちゃんと私の息子が結婚すれば、お互い大きなメリットがある』

メリットって……どういうこと？

必死に耳を澄ますもおじ様の声が急に小さくなり聞き取れない。ふたりのヒソヒソ話は暫く続き、ようやく聞こえたのはおじ様の意味深な言葉。

『医師会の会長を務める君にとっても悪い話ではないだろ？』

『……うむ、確かに悪い話ではないですね。それに、遠藤先輩のご子息なら身元はしっかりしていますし、結婚相手としては申し分ない』

そんな……父様までその気になるなんて……。

絶望の二文字が頭を掠め、目の前が真っ暗になった。

このままじゃ本当に結婚させられてしまう。そんなのイヤだ。人生を共にする相手は自分で決めたい。

私には中学生の頃から夢見ていたことがある。当時から恋愛小説が大好きで、作中に出てくる優しく頼もしい王子様みたいなヒーローに憧れていた。

いずれそのヒーローのような男性と巡り合い、大恋愛をして結婚するという、どうしても譲れない夢が……なのに、医者というだけであんな不愛想で嫌味ばかり言う人と結婚させられるなんて……それに、ぽっちゃりとした外見も全然タイプじゃない。

悲しくて、切なくて、何より信頼していた父様が私になんの相談もなくこんな大事なことを勝手に決めてしまったことがショックだった。

大きく首を左右に振りながら後退《あとずさ》り、回れ右をして玄関に向かって駆け出す。気づけば、駅に続く大通りの歩道を走っていた。

つまり私は家出をしてきたのだ。が、勢いで家を飛び出したのはいいが、どこに行けばいいのか分からず途方に暮れる。その時、頭に浮かんだのがこの町でひとり暮らす母方の祖母の顔。

この状況で私が頼れるのはおばあちゃましか居ない。

しかし最後に祖母に会ったのはもう十五年以上も前のこと。だからこの町に来たのも久しぶり。記憶は曖昧で祖母の家がどこにあるかも分からない状態。

私は真っ白な入道雲を見上げながら遠い昔の記憶を必死に呼び起こす。だが……。

ああ……ダメだ。全然思い出せない。海の近くだったような気がするんだけど……。

私が知っている祖母の家の住所は〝海岸通り〟まで。番地は分からない。ずっと疎遠になっていたので電話番号も知らなかった。

スマホは使いたくないけど、地図アプリで確認するしかないか……。

私が躊躇した理由《わけ》は、大好きだった恋愛映画のある場面を思い出したから。結婚を反対された男女が駆け落ちをするのだが、スマホが出す微弱電波のせいで居場所を特定され連れ戻されるというなんとも切ないシーン。

背に腹は代えられない。一縷《いちる》の望みを賭け、電源を切っていたスマホを起動させようとした時のこと。視界の隅に堤防の階段を下りてくる人物の姿が入り込む。

「えっ……」

逆光で顔はよく見えないけれど、小脇にサーフボードを抱えたウエットスーツを着た小学生くらいの男の子だ。

った。それ以降はおばあちゃまに会いたいと駄々をこねたことは一度もない。子供ながら父様の辛い胸の内を察したから。

唯一、おばあちゃまと繋がっていると感じられたのは私の誕生日。母様の親友の女性がおばあちゃまから頼まれたと毎年、プレゼントを届けてくれていたのだ。

「おばあちゃま……」

「なんだい？」

「あ、あの……毎年、誕生日にプレゼントを送ってくれて、有難う」

本当は『父様はおばあちゃまが思っているような人じゃない……』そう言おうとしたけど、言葉にはならなかった。それはきっと、父様が私の結婚相手を勝手に決めてしまったから。父様に対する不信感がそうさせたのかもしれない。

と、その時、背後からあの少年の声が聞こえた。

「なんだ、本当に孫だったのか」

どうやら連れ去り魔の疑いは晴れたようで、男の子が笑顔で駆け寄ってくる。

「こらっ！　海に行った時は砂を落として裏口から風呂に入るよう言ってあるだろ？」

おばあちゃまは男の子の頭をポコンと小突いて背中を押す。しかし男の子は動じることなく、スキップしながらキッチンを出て行った。

「おばあちゃま……あの子は……」

「あぁ、あの子の名前は凪《なぎ》。私が預かってる子だよ」

「えっ、ということは、この家に住んでいるの？」

おばあちゃまが言うには、凪という名のあの少年は母親とふたり暮らしで、その母親が入院することになったので面倒を見ているのだと。

「凪は小学二年生なんだよ。まだ母親が恋しいはずなのに、私の前では強がって平気な顔して……それが不憫でね」

おばあちゃまが愁いを帯びた瞳で控えめな吐息を漏らした直後、凪少年の声が微かに響く。

「ばあちゃーん、コンディショナーがないぞー」

「あ、そうだった。詰め替えるのを忘れてたよ」

慌てて立ち上がろうとしたおばあちゃまが少し腰を浮かしたところで顔を歪めた。

なんでも、先週から腰の具合が悪いらしく難儀しているのだと。

「じゃあ、私が持っていく」

おばあちゃまに教えてもらった棚からコンディショナーの詰め替えを取り出し、キの根を止められた。

「この姉ちゃん、淫乱らしいぞ」

キッチン内はシンと静まり返り、不穏な空気が流れる。

ああ……なんでこうなるの？　今日は本当に最低最悪の日だ。凪少年、お願いだからもう何も言わないで……。


「さっきは凪があんなこと言うから驚いたよ」

夕食を終えた午後七時。おばあちゃまがデザートのスイカを頬張りながら苦笑する。

あの後、事情を説明して淫乱の疑いは晴れたけど、私が來さんの裸を見てしまったのは事実。麻里奈さんは『ムカつくっ！』とヒステリックに叫び帰っていった。來さんも麻里奈さんを追うようにキッチンを出て行き、未だに姿を現さない。

おそらくふたりは付き合っているのだろう。來さんのことになると異常に反応する麻里奈さんの態度を見ていれば、恋愛経験のない私でもさすがにピンとくる。

そして凪少年は食事の後、おばあちゃまに宿題をするよう急かされ二階の自室へと向かった。

「でも、一番驚いたのは、莉羅がその歳で一度も料理を作ったことがないってことだね。一センチ幅のキャベツの千切りなんて初めて見たよ。あれは千切りじゃなくてブツ切りっていうんだよ」

「あ、あぁ……」

おばあちゃまが呆れるのも無理はない。家での食事は有名ホテルのレストランで料理長を務めていた腕利きの専属のシェフが調理してくれていたから、いつも時間になれば出来立ての絶品料理がテーブルの上に並び、私はそれを食べるだけ。後片付けも三人居るお手伝いさんの仕事で私がすることは何もない。

料理だけではない。掃除や洗濯も殆ど経験がなかった。

「仕事もしてないって言うし、いったい、毎日何やってんのさ？」

大学を卒業した後、就職しなかったのは、仕事などする必要はないと父様に言われたから。代わりに父様が勧める英会話教室や茶道、フラワーアレンジメントにヨガなど、日替わりで習い事に通っていた。それ以外の時間は映画鑑賞や大好物の恋愛小説を読んで過ごす日々。欲しい物があれば、父様から与えられたカードで好きな時に好きな物を買っていた。おばあちゃまに指摘されるまでそんな生活に疑問を持ったことなど、ただの一度もなかったのだ。

「呆れたね……莉羅の父親は子育ての意味を履き違えているんじゃないか？　何もさせず全てを与えて甘やかすということが莉羅の為になると本気で思っているなら、とんだ愚か者だ。莉羅のことを思うなら、あんたがひとりでも生きていけるよう教育するのが真の愛情だよ」

おばあちゃまが責めていたのは父様だったけれど、そんな生活を当然だと思って生きてきた私も責められているような気がして返す言葉が見当たらない。

「澄香が生きていたら、きっと莉羅をこんな風には育てなかっただろうね」

結局、そこに行き着く。おばあちゃまは全て父様の責任にしたいのだ。

母様が亡くなったのは、私が小学一年生の時。その日はお盆で住み込みのお手伝いさんは実家に帰省して留守だった。まだ専属シェフは居なかったから家には私と両親の三人だけ。

当時、父様は病院の院長で『夕方には帰る』と言って仕事に出かけていった。しかし緊急のオペが入り、外科医だった父様が急遽執刀することになる。担当医師が新婚旅行で海外に行っており、他の外科医も多重事故で救急搬送されてきた多くの負傷者の対応で手一杯だったからだ。

あの日は関東《かんとう》地方に大型の台風が近づき大荒れの天気だったということは覚えている。お昼過ぎには雨風が強くなり、夕方になると雷が鳴り出した。母様は何より雷が苦手で、爆音が響き渡る度酷く怯えて私を抱き締め震えていた。そのストレスと台風接近による急激な気圧の変化。母様に喘息の兆候《ちょうこう》が表れる。母様が喘息の発作を起こすのを見るのは初めてではなかったが、その日はいつもと違っていた。

ヒューヒュー、ゼェーゼェーという喘鳴が酷くなったと思ったら、母様の白い肌が見る見るうちに青紫に変化していく。

『母様、莉羅が薬を持ってくるから』

――母様の発作治療薬はリビングのチェストの引き出しの中に入っているからね。

父様に教えられた通り、チェストの引き出しを開けるも常備されているはずの薬が見当たらない。

『ない……母様、薬がないの』

泣きながら振り返ると、床に倒れた母様が少しだけ顔を上げた。

『り……ら』

苦しそうな掠れた声――それが、私が聞いた母様の最後の声。

私には、そこからの記憶がない。

まの話を聞き、彼に対する印象が少し好意的な方に傾いた。

辛い過去を持つ孤独な人……そして義理人情に厚い優しい人。

「じゃあ、風呂に入る前に莉羅の部屋を決めないとね」

おばあちゃまの家は元々釣り客相手の民宿だったから部屋は沢山ある。

「でもね、民宿を辞めてもう何年も経つから掃除もしてないし、物置になってる部屋もあるからねぇ……」

そして階段を上がり案内されたのは、海に面した六畳ほどの和室。

思ったより綺麗だ。ただ気になったのは、部屋の左右が壁ではなく襖だということ。

「えっと、おばあちゃま、この襖の向こうは……?」

「ああ、この部屋は三部屋続きになっていてね、団体さん用の大広間だったんだ。両方の襖を開けるとひとつの部屋になるんだよ」

「団体さん用の……へぇ～、そうなんだ」

何気なくその襖を開けようとした私をおばあちゃまが制止する。

「あ～ダメダメ、そっちは凪の部屋だから」

「えっ……」

おばあちゃまはサラッと言ったが、これはかなりの問題発言だ。たとえ小学生でも凪少年の顔見てあの夢を思い出した。

「ねぇ、凪君、この町に、うなじの辺りにホクロが三つ並んだ男の人って……居る？　オリオン座の三つ星みたいに斜めに並んでるの」

「三つ並んだホクロ？　さあ？　知らねぇなぁ～」

「そう……やっぱりただの夢なのかな……」

独り言のつもりだったのに、凪少年が「夢ってなんだ？」と食いついてきた。

初めのうちは言葉を濁して誤魔化していたのだが、凪少年があまりにもしつこいので、つい誰にも言っていない夢の中の青年のことを喋ってしまう。その流れで、結婚するなら恋愛小説に出てくるような優しくて頼もしい人がいいのだと理想の男性像を熱く語った。

「そんな彼と大恋愛して結婚するの。素敵でしょ？」

凪少年に微笑みかけ問うと、彼は真顔で返してくる。

「……なぁ、今俺が思っていること、正直に言っていいか？」

「どうぞ」

「姉ちゃん、バッカじゃねぇか？　もっと現実をよく見ろよ。そんな男、居るわけねぇだろ？　俺のクラスの女子でもそんな惚けたこと言ってるヤツいねーぞ」

小学二年生の子供に全否定された……。

「今はな、人並みの生活ができれば御の字って時代だ。殆どの女子の夢は正社員と結婚すること。世知辛い世の中になったもんだ……子供が夢を持てなくなったのは、今の政治のせい。与党の政策はどれもこれも的外れで日本人はどんどん貧乏になっていく。だから俺は将来、国会議員になって日本を変えるんだ……」

語気を強める凪少年の真剣な顔を見つめ、今の言葉を与党の幹事長である遠藤のおじ様が聞いたらショックを受けるだろうなと複雑な気持ちになる。

でも凪君って、まだ子供なのに凄くしっかりしてる。

「……って思っていたんだけど、今は医者を目指してる」

「えっ……そうなの？」

将来の夢がコロコロ変わるところは子供らしいなとくすりと笑ったのだが、彼の次の言葉で私の顔から笑みが消えた。

「俺の母ちゃん、すい臓癌なんだ……」

「えっ……」

「普通、すい臓癌は発見した時は手遅れになっていることが多いんだけど、來先生が早いうちに異変を見つけてくれたから手術で治るって言われたんだ。だから俺も医者になって來先生の診療所で働こうと思ってさ。それが母ちゃんを助けてくれた來先生への恩返しだと思ってる」

「あ……」

私は医者の娘なのに、誰かを助けたいとか、そんなこと一度も思ったことなかった。それどころか医療の世界から遠ざかろうとしている。

「凪君……偉いね。凪君は私より、ずっと大人だよ」

「やっと気づいたか。よし！　特別に姉ちゃんを俺の弟子にしてやる」

「弟子？」

「ああ、姉ちゃんの現実離れした緩い考えと、めでたい恋愛観を正して立派な大人にしてやる。今から俺のことを師匠と呼べ」

「師匠か……小学二年生の弟子になっちゃったな」

お風呂から出た私は苦笑しながらおばあちゃまが脱衣所に用意してくれていた浴衣に袖を通す。

着の身着のまま家を飛び出してきたから、当然着替えやパジャマなど持っていない。糊がよく利いた浴衣は少しサイズが大きくて歩きづらかった。

今日は色んなことがあり過ぎて疲れた……。

階段下に置かれていた一組の花柄模様の布団を眺めると大きなため息が漏れる。

今朝起きた時は、こんなことになるなんて想像もしてなかった。今頃、父様は私を探しているかもしれないな。もしかしたら、まだ私が家を出た理由に気づいていないかもしれない。

逃げたりせず、ちゃんと意思表示するべきだったかもと罪悪感で胸がチクリと痛む。けれど、父様は一度決めたことは絶対に曲げない頑固な人。真正面からぶつかっても、きっと聞き流されて終わりだろう。今までもそうだったから。でも、今回は……結婚に関しては譲れない。

「父様、これが私の真意なの」

自分を鼓舞するように敢えて声に出し、気合を入れて布団を持ち上げる。しかし綿の敷布団は想像以上に重かった。フラつきながら一歩、また一歩と慎重に階段を上がっていたのだが、足元が見えないせいで浴衣の裾を踏んでしまい前につんのめる。咄嗟に転倒を回避しようと重心を後ろに移動させたのが悪かった。今度は体が大きく仰け反る。

「ひっ……嘘」

必死に踏ん張るも崩れた体勢を立て直すことはできなかった。敷布団の重みに耐えきれず、弧を描くように後ろに倒れていく。

絶体絶命。このまま落ちれば後頭部強打は免れない。恐怖で血の気が引いていくのがはっきり分かった。

ヤダ……私、死んじゃうの？

つま先が完全に階段から離れ体が宙に浮くと、まるでスローモーションの映像を観ているかのように目の前の景色がとてもゆっくり流れ出す。

もうどうすることもできない。きっとこの後、走馬灯というものが見えて私の人生は終わるんだ。

自分でも驚くほどあっさり諦め、覚悟を決めて瞼を固く閉じる。その直後だった。

ドスンという音と共に背中に強い衝撃が走る。でもそれは、床に叩きつけられた痛みではなく、固めのソファにダイブしたような感覚。それだけではない。全身を優しく包まれているような心地良さを感じたのだ。

もしかして……天国？

ドキドキしながらそっと薄目を開ければ、逞しい腕が私の胸の前で交差している。そのまま視線を上げると、薄明りの中で涼やかな瞳が私を見下ろしていた。

「何やってんだ？　バカ！」

「ららら、來さん？」

どうやら私は間一髪のところで來さんに抱きとめられ、命拾いしたようだ。

「こんな状態で歌ってんじゃねぇよ」

「歌？」……と首を傾げるも、反応すべきところはそこではない。私は來さんに後ろから抱き締められているのだ。

背中から伝わってくる微かな体温と爽やかなシトラス系のベルガモットの香りが胸の鼓動を速くし、頬を紅潮させる。

離れないと……動揺してるのがバレちゃう。

そう思った時、胸の前で交差していた腕が解かれ背中を押された。

「ほら、立て。ったく、世話の焼けるヤツだな」

「すみません……」

羞恥で來さんの顔をまともに見ることができない。目を伏せ、命を助けてもらったお礼を言いながらひたすら頭を下げていると……。

「おい、この布団、どこに運ぶつもりだったんだ？」

彼が足元に落ちていた敷布団をひょいと持ち上げる。

「それは……私の部屋に……」

結局、來さんは私の部屋まで布団を運んでくれて、シーツ掛けまで手伝ってくれた。

「お前みたいにモタモタしてたら朝になっちまうぞ」

「すみません。お布団にシーツを掛けるの初めてで……」

「はあ？　お前の親、どんだけ過保護なんだよ？」

本当にそうだ。ここに来て初めて分かった。私はひとりでは何もできない。今まで普通だと思っていたことは全然普通じゃなかったんだ……。

「ご迷惑をおかけして……申し訳ありません」

意気消沈して深々と頭を下げると頭上から大きなため息が聞こえる。

「もういい。それよりこの部屋、暑くないか？」

眉を顰めた來さんが徐に立ち上がり、自分の部屋の方の襖を開けた。そして今シーツを掛けた布団の端を掴んでズルズルと引っ張っていく。

「あの、それは私のお布団ですが……」

「知ってるさ。俺の部屋はエアコンあるから、こっちで寝ろ」

「私が……來さんのお部屋で……寝る？」

一瞬、思考回路が停止して呆けてしまったが、まるで夫婦の寝床のようなふたつ並んだ布団を見た途端、青ざめて腰が抜けそうになった。

「そそそ……それは、いけません。結婚前の若い男女がひとつの部屋で一夜を共にするなんて……ふしだらです」

「ふしだら？」

來さんが素っ頓狂に声を上げ、切れ長の目をパチクリさせる。

それに來さんには麻里奈さんという恋人が居るもの。もし同じ部屋で寝たことが彼女の耳に入ったら、おそらくただでは済まない。きっと私は血祭りに上げられ抹殺される。

「お前、俺の裸をガン見しておいて、よくそんなことが言えるな。心配するな。間違ってもお前みたいなガキに欲情はしない」

確かにあの色っぽい麻里奈さんと比べたら、私なんて子供かもしれない。説得力のある言葉だ。

「でも……」

「あのなぁ、別にお前が女だから言ってるんじゃない。熱中症になったら面倒だからだ」

「熱中症？」

「俺は医者だ。お前が具合悪くなったら診なきゃいけないだろ？　明日は日曜で診療所は休診。休みの日まで働かせるな」

それが來さんの本音？　なんだか私、凄い勘違いをしてたみたいだ。

だとしても、やはり彼の隣で寝ることに抵抗があった。

「では、こういうのはどうでしょう？　お互いの部屋で別々に寝て、襖を開けておく。そうすれば熱中症になる心配は……」

「却下！　俺の部屋のエアコンは六畳用でポンコツだ。襖を開けたら全然涼しくならない。俺の快適な睡眠環境を奪うな」

では、私の快適な睡眠環境は……？　と聞こうとした時には既に、腕を掴まれ彼の部屋に引きずり込まれていた。小さな冷蔵庫とローテブルがあるだけの殺風景な部屋。

「んじゃ、俺は寝る。お前も適当に寝ろ」

自分の布団に横になった來さんがタオルケットに包まり寝息を立て始めた。その姿を眺め、どうしたものかと途方に暮れる。

適当って言われても、まだ会ったばかりの來さんの隣で寝る勇気……ないよ。

なり、思わず「私はどうすればいいんですか？」と叫んでしまった。

　來さんは人をイラつかせる天才だ。

「でも、どうして來さんが……」

「香苗さんに頼まれたんだよ。お前の買い物に付き合ってやってくれって。ったく、今日は絶好のサーフィン日和だったのに……せっかくの休みがパーだ」

　相変わらず嫌味な人。私は來さんについて来てほしいなんて頼んでないのに。

「それで、おばあちゃまと師匠は？」

「香苗さんは老人会の連中と墓掃除に行った」

「墓掃除？　おばあちゃまは一緒に行ってくれないんですか？」

「香苗さんは色んな役員をしてるから忙しいんだよ。だから俺がお前を連れて行くことになったんだ。香苗さんに頼まれたら断れないからな……てか、師匠って誰だよ？」

「あ、凪君です。私、凪君の弟子になったので」

　事実を大真面目に伝えたのに、いきなり大爆笑された。

「へぇ～、凪の弟子ねぇ……その師匠は今からリサちゃんって娘とデートらしいぞ。あいつ、ああ見えてモテるからな」

　小学二年でもう彼女が居るの？　さすが師匠。私の一歩先を行っている。

「お前と凪、いいコンビになるかもな」

再び呵呵大笑した來さんだったが、アクセルを踏み込むと急に真顔になり、低い声で呟く。

「凪のこと、よろしく頼む」

「えっ？」

「凪のヤツ、今朝はよく笑っていたよ。母親と年が近いお前が来てくれて嬉しかったんだろうな。大人びたことを言うが凪はまだ子供だ。母親が居なくて寂しいんだよ」

來さんの言葉が胸にズンと響き、過去の喪失感が蘇ってきた。

そうだよね。私も小学一年生の時に母様が突然亡くなって凄く寂しかったもの。

「もちろん、私にできることがあれば……」

そして昨日聞いた師匠の熱い思いを伝える。

「師匠が來さんは立派なお医者さんだって言ってました。お母さんを助けてくれたお礼に自分も医者になって診療所で働くって」

「凪のヤツ、生意気なことを……そんな簡単に医者にはなれねぇよ」

口では否定的なことを言うも言葉とは裏腹に口元が綻んでいる。その笑顔を見て私もほっこりしたのだが、ふと不安になる。

本当に師匠のお母さんは大丈夫なのかな？　もしかして、師匠を安心させる為に早期発見って言っているんじゃあ……。

私が真実を知ったところでどうすることもできない。でも、どうしても気になり、そのことを來さんに尋ねると医者には守秘義務があると口を噤んだ。

確かに医者は業務上知り得た患者の情報を他者に漏洩してはならない。けれど、彼が拒否したのはそれだけではないような気がして……。

あっ……言えないってことは、それが答え？　そんな……師匠はお母さんが助かるって信じているのに……。

膝の上で握り締めた手がガクガク震え、目の前の景色が涙で滲んでいく。

「おい、どうした？」

頬を伝う涙を見た來さんが驚いた様子で車を路肩に停車させる。その時、突風が吹き抜け、道路横の広葉樹の葉が私の気持ちとシンクロするようにザワザワと音を立て揺れた。

「師匠のお母さんは……もう手遅れなんですね？」

「はあ？　なんでそうなる？」

來さんはシートに深く体を預け、渋々という感じで話し出す。

「他人のお前に言うことじゃないが、息子の凪が話したのなら、まぁいいか……。凪の母親の手術は成功した。助かるよ」

「本当ですか？」

「ああ、俺が腹部エコーで診察した時に母親に伝えた病名は膵管内乳頭粘液性腫瘍。膵管にできる腫瘍性の嚢胞だ。その時はまだ良性が悪性かは分からなかったが、たとえ良性でも放置すれば悪性化して癌になる可能性がある」

來さんはなるべく早く設備が整った病院で検査するよう勧めたが、師匠のお母さんは今すぐ検査をするのは無理だと難色を示した。

「癌の可能性があるのに……どうして？」

「凪の母親はプロのサーファーなんだ。十七歳でプロになって、十八歳の時に世界選手権でアジア一位になった。五年連続で日本の強化A指定選手に選ばれ、サーフィンをしている者なら誰でも憧れる最高峰のワールドチャンピオンシップツアーにも出場している」

妊娠出産を経て復帰した後もその強さは他を寄せつけず、第一線で活躍していたのだが、三十歳を過ぎた頃から成績が振るわず、すっかり表彰台から遠ざかっていた。

「今の十代、二十代は実力者が多いからな……」

自分はもう若い選手には勝てないと悟ったお母さんは、これからは大会やツアーには出場せず、趣味として楽しみながら子供達にサーフィンを教えていこうと決心する。しかし日が経つにつれ、ひっそりとフェイドアウトしていくことに疑問を感じ始めたのだ。

――最後に最高のパフォーマンスを披露してプロ生活を終えたい。

そんな時、お母さんが引退すると聞いた地元のサーフィン大会の主催者から、ゲストとして大会に参加してほしいという依頼がくる。願ってもないオファーだった。

「ここの海は波がいいから昔からサーフィンが盛んでな、毎年八月にアマチュアの大会が開催されるんだ。凪の母親が子供の頃から出場していたその大会にスペシャルゲストとして参加して、多くの観客の前で華麗な技を決めて有終の美を飾る……ってことになっていた」

「だから大会が終わるまでは検査はしたくないと？」

「ああ、プロとして、そして自分にけじめをつける為、どうしても出たかったんだろう」

しかし來さんは重要なことを思い出す。お母さんの父親がすい臓癌で亡くなっていたのだ。

「肉親にすい臓癌の患者が居た場合、発症リスクは三十倍に跳ね上がる」

一刻も早く詳しい検査をした方がいいと思った來さんは診療所を休診にし、嫌がるお母さんを無理やり車に乗せて総合病院に向かった。

精密検査の結果は悪性。しかしステージ0で手術は可能。早期発見が功を奏した。

「すい臓癌は進行が早くて死亡率が高いが、ステージ0の場合、五年生存率は八十五パーセント以上と言われている」

お母さんは幸運だったと言えるだろう。

「でも、師匠はショックだったでしょうね」

私は再び車外に視線を向け、風に吹かれて枝から離れた木の葉が車のボンネットの上に舞い落ちる様を目で追う。

「まあな。もちろんショックだったと思うが、あいつは母親より落ち着いていたよ」

周りの大人が驚くほど冷静だった師匠も、手術当日は様子が違っていた。お母さんが手術室に入った直後、涙目で來さんに抱きついてきたそうだ。

「『母ちゃんは絶対に生きて戻ってくるよな？』そう凪に聞かれ、俺は絶対に大丈夫だ。手術は必ず成功すると答えた。医者は必ずとか、絶対なんて言葉は使っちゃいけないんだけどな……」

それは、外科医だった父様もよく言っていた。だけど、來さんの判断は間違っていなかったと思う。師匠にとって來さんの言葉は何より心強かったはず。

「それで、手術は無事成功したのですね？」

「ああ……」

しかし問題が発生した。四日前、主治医から呼び出しがあり、お母さんが合併症を発症し、退院が少し延びると言われたらしい。

「すい臓は他の消化器と比べ合併症を起こす確率が高いんだ。だがそれは、術後経過の範囲内。適切に処置すれば問題はない。ただ、本人は辛いはずだ」

お母さんは自分が苦しむ姿を息子に見せたくないので、師匠を病院に連れて来ないでほしいと來さんに頼んだ。なので、來さんはお母さんの言葉だと言って師匠にこう伝えた。『私が一番望んでいるのは、自分が出られなかったサーフィン大会で凪が優勝すること。見舞いに来る暇があったら練習しろ』と……。

「師匠は納得したのですか？」

「それは……どうかな？　でも凪は一生懸命、練習している」

嘘をついた罪悪感からだろうか。來さんは俯き気味にため息を漏らす。でもそれは、お母さんの気持ちを汲み、師匠をこれ以上不安にさせたくないという思いから出た優しい嘘――。そんな來さんから感じるのは、強い情愛と人としての温かさ。
彼のような人が本当に優しい人なのかもしれないな……そう思った瞬間、胸がトクンと震え、熱い何かに心を揺さぶられた。

それから約一時間、殆ど信号のない山道を走り到着したショッピングセンターは私が想像していたものとは大きくかけ離れていた。

駐車場を囲むように並んでいる店舗は聞いたことのない店名のファストファッションの店とスーパー。そして小規模のホームセンターと眼鏡屋さんがあるだけ。

「これが……ショッピングセンターですか？」

「ああ、ここに来れば、大抵の物は揃う」

そう言った來さんが向かったのは〝爆裂大セール〟と書かれたのぼりがいくつも立つファストファッションの店。その店内で私は衝撃を受けることになる。

「來さん、このチュニックの値札、五百円になってます。何かの間違いじゃあ……」

「んっ？　この店ならそんなもんだろ」

いやいや、いくらなんでもそんな……。

納得できず改めて辺りの商品を確認してみると、チュニックだけではない。マキシスカートもブラウスも、店内にある全ての商品が激安なのだ。來さんの目を盗んでこっそり手に取ったショーツに至っては、超破格の一枚、八十円。

お気に入りのランジェリーショップでいつも購入しているショーツ一枚で、この店のショーツが百枚以上買える。その驚愕の事実に言葉を失い呆然としていると、私を呼ぶ來さんの声が聞こえた。彼が居たのは水着売り場。

「香苗さんがせっかくだから水着も買ってこいってさ」

「ああ……水着はいりません」

「買わなかったら俺が香苗さんに叱られるんだよ」

「でも……私、海水浴しませんから……」

必要ないと首を振るも來さんは勝手に水着を物色し始める。暫くして手にしたのは、胸元にフリルがあしらわれたフレアビキニと、ギンガムチェックのワンピースタイプの水着。

「どっちがいい？　好きな方を選べ」

センスは悪くない。両方可愛い水着だ。けれど、購入するつもりはなかったから敢えて選ばなかった。すると來さんが妙なことを言う。

「試着しなくてもサイズは合ってるはずだ」

んっ？　サイズは合ってるって、どういうこと？

來さんに疑問の視線を向けた刹那、彼の口から思いもよらぬ言葉が飛び出した。

「お前の胸のサイズ……Aだろ？」

迷うことなくズバリ言い当てられ、激しく動揺する。

嘘……どうして分かったの？

しかし胸が小さいということがコンプレックスだった私は素直に認めることができず、全力で否定する。

「ち、違います！　び、びぃーです」

「嘘つけ。お前のペッタンコな胸は間違いなくAだ！」

彼の無遠慮な大声に反応した周りの買い物客が一斉に振り返り、私を見た。

「ひっ……」

恥ずかしくて顔を伏せた時、ようやく気づく。

やっぱり來さんは見たんだ。今朝、浴衣がはだけて半裸状態で寝ている私を……。

でも今は、それを確認するよりも優先しなければならないことがある。

この羞恥地獄から一刻も早く抜け出さないと……そう、水着を買う買わないで揉めている場合じゃないんだ。

私は來さんの手からギンガムチェックの水着を奪い取るとレジへと突進していく。

「有難うございます。一万二千円になります」

「えっ？　これだけ買ってこの値段？」

あまりの安さに絶句するも感心している暇などない。素早くカードを差し出し清算しようとした。が、すんでのところであることに気づき、慌ててカードを引っ込める。

そうだった。このカードは使えない。

私が持っているカードは全て父様名義。使用すれば私がここに居ることがバレてしまう。これも恋愛映画で学んだこと。

そういうこともあり、この町に来るまでの交通費は全て現金で支払ってきた。もちろん細心の注意を払っていてもそう遠くない未来、父様は私がおばあちゃまの家に居ることを突き止めるだろう。でも、できるだけ長くここに居たいから……。

今回も「現金で……」と財布を開いたのだが、最近は現金で支払うことがあまりないので必要最低限の金額しか入れていなかった。

ああ……どうしよう。もう二千円しか残っていない。こんなことなら自宅を出た後、駅に行く前にある程度の現金を下ろしておくんだった。

顔面蒼白で二枚の千円札を眺めるも、当然ながらお金が増えることはない。追い詰められた私は縋るような目で來さんを見つめた。

「すみません……一万円、お借りできませんか？」


九十九折の峠道を下った車がスピードを上げていく。隣の來さんは鼻歌を歌いながら機嫌よく運転しているけれど、メンタルをズタボロにされた私は未だに立ち直れず、魂が抜けたような虚ろな目で澄み渡る空をぼんやり眺めていた。

「いっぱい買って満足したろ？」

來さんが笑顔で私の肩をポンと叩く。

「そうですね。水着以外は……」

「はあ？　なんだそれ？　お前が自分で選んで買った水着だろ？」

「來さんが変なことを言うから仕方なく買ったんです。それより私の寝ている姿を見て胸のサイズを想像していたなんて……來さんのエッチ！」

「なっ、人聞きの悪いこと言うな。お前が勝手に見せてたんだろ？　この露出狂！」

「ろしゅつ……きょう？」

酷い言われようだ。ここに来てまだ二日なのに、淫乱とか露出狂だとか、不名誉な称号がどんどん増えていく。でも、來さんにあんなはしたない姿を見られるなんて、死ぬほど恥ずかしい。それに、他人にお金を借りたの、生まれて初めてだ。

そんな屈辱的な経験をして落ち込んでいる私に、來さんは容赦ない言葉を浴びせる。

「お前、一文無しだな。大丈夫なのか？」

「だ、大丈夫です。お借りした一万円は必ずお返しします」

とは言ったものの、預金口座も父様が管理しているからキャッシュカードも使えない。返す当てはなかった。

取りあえずおばあちゃまにお願いして……と考えていた時、車が赤信号で停車し、來さんがデニムのポケットから何かを取り出す。

彼が私の膝の上に置いたのは、小さく折りたたまれた一万円札。

「香苗さんから預かった。これでお前の服を買ってやってくれって」

「おばあちゃまが？」

來さんったら……酷い。どうしてレジをする前に渡してくれなかったの？

でもこれで借りた一万円は返せると、ホッと胸を撫で下ろしたのだが……。

「お前、今、この一万円で借金をチャラにできるって思ったろ？」

す、鋭い……。

「悪いが、その一万円は受け取れない」

「えっ？　どうしてですか？」

「香苗さんは年金生活で食っていくのがやっとだ。釣り宿を辞めてからは、ひじき干しのアルバイトやミカン農園の手伝いをして慎ましく暮らしている。一日の日当は三千円ちょっと。その一万円を稼ぐのに三日かかるんだ。そんな大切な金、受け取れるわけないだろ？　香苗さんに貰った金はもっと大切なことに使え」

來さんの話を聞き、手の中のお札がずっしりと重く感じる。

この一万円はおばあちゃまが三日間、一生懸命働いて得たお金なんだ……。

そして來さんは、お金を借りたのは私なのだから、自分でなんとかしろと言う。

「なんとかしろと言われても……」

「ったく、金もないのにフラフラ遊びに来てんじゃねぇよ。大学生は気楽でいいな」

もしかして……來さん、私が遊びに来たって思ってる？　それに、大学生って……。

どうやら來さんは、私のことも、ここに来た経緯も何も知らないようだ。

おばあちゃまや師匠に聞いていると思ったのに……。

「いえ、私は……」

事情を説明しようと口を開くも慌てて言葉を呑み込む。

いや、言わない方がいいかも。社会人なのに働いていないって言ったら、また呆れられそうだし、家出してきたことがバレたら何を言われるか分からない。帰ったらおばあちゃまに口止めしないと……。

「仕方ないな。そんじゃ借金は、その体で払ってもらおうか」

「から、だ……？」

横目で私をチラッと見た來さんが薄気味悪い笑みを浮かべ、来た道とは違う方向にハンドルを切る。

なんだか凄く怪しい雰囲気……まさか、人気のないところに連れて行って如何わしいことをするつもりじゃあ……。

「ど、どこに行くんですか？　車を停めてくださいっ！」

彼を義理人情に厚い優しい人だと思った過去の自分を殴ってやりたい気分だった。

「わっ！　バカ、腕を掴むな！　事故ったらどうする？」

車内で掴み合いのバトルが繰り広げられたのは、ほんの一瞬。程なく彼の長い腕に体を押さえつけられ身動きできなくなる。そんな状態で辿り着いたのは、海岸沿いにある『コムラード』という名のサーフショップだった。外壁は海を思わせるマリンブルーでペイントされ、ショップを囲む深緑の木々とのコントラストが美しい。

中でも目を引いたのは、ショップの脇に咲いている真っ赤なハイビスカスの花。

來さんが車を降りて片手を上げると、ハイビスカスの木の横に置かれたベンチに寝転んでいた小太りの男性が体を起こし、駆け寄ってくる。

長い髪を後ろでひとつに結び、立派なひげを貯えた熊さんみたいな男性は私に気づくと驚いた表情で運転席の窓にへばりついた。

「來、今日は波乗りしてないと思ったら、デートだったのか？」

聞き捨てならない言葉。私は助手席のドアを開け、キッパリ否定する。

「デートではありません！」

「ははは……威勢のいいお嬢さんだ。で、この娘、誰？」

「美弥《みや》の代わりだ」

美弥？　初めて聞く名前だ。

「美弥の代わりって……この娘、サーフィンできるのか？」

「まさか……こいつは借金まみれで金に困ってるんだ。東京《とうきょう》から来た過保護娘だから役に立たないかもしれないが、居ないよりはマシだろ？　バイトさせてやってくれ」

つまり彼は、自分が貸した一万円を回収する為、私をこのサーフショップで働かせようとしている……ということか。

「一万円借りただけで借金まみれだなんて言わないでください。それに、急にバイトしろと言われても困ります」

今まで仕事というものをしたことがないのだ。心の準備ができていない。

「どうせ夏休みが終わるまでここに居るんだろ？」

夏が終わっても、ずーっと休みなんだけど……と苦笑しつつ返事を渋っていると、男性が白い歯を見せ微笑んだ。

「じゃあ、お願いしようかな。本音を言うと、美弥が店に出れなくなって困ってたんだ。あ、美弥っていうのは、この店の共同経営者なんだけど、事情があって暫く仕事できなくてね。だから半日だけでもいいから来てくれると助かるんだが……」

來さんと違ってこの人は優しそうだ。それに、ここに居るなら仕事しないと……。

慣れるまでは午前中だけということで話がまとまり、私はサーフショップ『コムラード』で働くことになった。

來さんは目的を達成して満足したのだろう「今日から働け」と言って帰っていった。

ここからおばあちゃまの家までは歩いて数分の距離だからひとりで帰れるけど、コムラードで働くよう仕向けたのは來さんなのだから、もう少し付き合ってくれてもいいのに……。

残された私は釈然としないまま男性の後に続いて店へと向かう。

店内にはサーフボードだけではなく、オリジナルTシャツやマグカップなど、様々な商品が所狭しと並んでいた。

「サーフショップって、色んな物を売っているんですね」

「うん、うちのロゴが入ったトートバッグやキャップは人気でよく売れてるよ」

男性は仕事内容を一通り説明すると私を店裏の作業所に連れて行く。そこには大量のサーフボードが並び、中には破損しているものもあった。

「ここは、ボードのメンテナンスをするところ。ワックスをかけたり、傷のある物は修理する。ボードってね、意外と簡単に壊れるんだよ」

サーフボードスタンドに乗せたへこんだボードを優しく撫でる男性の名前は、寺本《てらもと》海斗《かいと》さん。友人や店のお客さんからは〝寺っち〟と呼ばれているそうだ。

「君も〝寺っち〟って呼んでよ」と言うが、さすがに店長を〝寺っち〟とは呼べない。

思案した結果〝寺っちさん〟と呼ぶことにした。

「で、君、名前は？」

「あ、すみません。自己紹介がまだでした。私は吉澤莉羅です」

「えっ……莉羅？　もしかして、香苗さんの孫の莉羅ちゃん？」

寺っちさんは目を輝かせ、自分のことを覚えているかと迫ってくる。

「何年前になるかな……僕が高三の時だから、十六年前か……。君が香苗さんのところに来て、一緒に遊んだことあったろ？」

「私と寺っちさんが遊んだのですか？」

申し訳ないけど、全然覚えてない。

「そうそう、そこの浜で鬼ごっこしたり、貝殻拾ったり。そうか〜、あの時の娘がこんなに大きくなったんだ」

しみじみと語る寺っちさんの横で、私は当時のことを必死に思い出そうとしていた。でも、この時期の記憶は途切れ途切れで無理に思い出そうとするとなぜか胸が苦しくなる。

ダメだ。おばあちゃまの家に来たことは覚えているけど、誰かと遊んだという記憶はない。

苦しくなった胸を押さえ少し視線を下げた時だった。寺っちさんが耳を疑うようなことを言う。

「來も懐かしがっていたろ？　來も莉羅ちゃんと一緒に遊んでたから」

「來さんも……ですか？」

それ、結構な衝撃なんだけど……でも、來さんからは、懐かしいの〝な〟の字も聞いていない。それどころか全くの初対面って感じで、私のことなんて全然覚えていなかった。だけど、よくよく考えてみれば、私も寺っちさんの話を聞いても來さんと遊んでいたことを思い出せないのだからお互い様か……。

苦笑いしながら顔を上げると、壁に無造作に貼られた数枚の写真が目に留まる。近寄ってみれば、三人の若い男女がサーフィンをしている写真だった。その中に素敵な笑顔の写真を見つける。真ん中の女性が嬉しそうに首から下げたメダルを手に持ち、両脇の男性が万歳している姿……。

右側の男性は寺っちさんだ。そして左側の男性は……來さん？

「ああ、それは、さっき話した美弥がサーフィンの大会で優勝した時の写真だよ。美弥はプロのサーファーなんだ」

えっ……ちょっと待って。確か師匠のお母さんもプロサーファーだったよね？

「ということは、この美弥さんって人は師匠……あ、いえ、凪君のお母さん？」

「あ～そうか。凪は今、香苗さん家《ち》に居るから知ってるんだ。そうだよ。美弥は凪の母親。僕達三人は幼稚園からずっと一緒の幼馴染なんだ」

「そうだったんですね。來さんはそんなこと一言も言ってなかったから知りませんでした」

「あいつらしいな。來は昔から自分のことは話したがらないんだよ。だから他人《ひと》のことも何も聞かない。そういうヤツなんだ」

大学に行ってからも寺っちさん達はしょっちゅう三人で会っていたのに、來さんが医者になると知ったのは、彼が医師免許を手にした後。來さんが医学部に行っていることさえ知らなかった。

「どおりで人より長く大学生をしてたわけだ」

寺っちさんと美弥さんは、來さんが留年しているのだと思い、そのことには極力触れないようにしていたそうだ。

「親友にも何も言わないなんて、來さんって変わってますね」

寺っちさんは同意して笑ったけれど、写真を見つめながら誇らしげに呟く。

「変わっているけど、美弥の命を救ってくれた來は最高の医者で、自慢の親友だよ」

おばあちゃまの家に帰ったのは、午後五時だった。

本当はお昼に帰るはずだったのに、午後から来る予定だったサーフスクールのお試し体験の団体さんがわんさかやって来て、寺っちさんがその対応にかかりっきりになり、私が店番をすることになってしまったのだ。

初めての接客、初めてのレジ、初めての電話対応。どれもこれも初体験で緊張したけれど、とても新鮮で楽しかった。

特に印象的だったのは、気に入った商品を手にして嬉しそうに店を出て行くお客様に『有難う』と言われたこと。妙に感動して自然に笑顔になっていた。

これが仕事をするということ……なんだ。

「へぇ～姉ちゃん、母ちゃんの代わりにコムラードで働くことになったのか」

引きずるくらい長いおばあちゃまのエプロンをつけた師匠が揚げたてのキスフライをテーブルに置きながら言う。

「うん、まだできることは少ないけど、今日はひとりで店番をしたの。寺っちさんがね、凄く助かったって、感謝されちゃった」

私は今まで人に感謝することはあっても感謝されることはなかった。それは、与えられるだけの人生だったから。そんな日常に疑問を持ったことはなかったけれど、今日、初めて仕事をして知ったんだ。必要とされる嬉しさを……そして有難うと言われる喜びを。

「でも、師匠、今日の夕食の準備を全部ひとりでしたの？　凄いね」

「このくらい朝飯前だ。ウチの母ちゃんは忙しいから料理は俺の担当なんだ。特にメンチカツは絶品だぞ。來先生が最高だっていっぱい食べてくれたからな」

得意げに胸を張った師匠の頭をキッチンに入ってきた來さんが豪快に撫でまわす。

「そうだな。凪のメンチカツは世界一だ。いつも旨い飯を作ってくれてありがとな」

師匠、嬉しそう。師匠も与える喜びを知っているんだね。

そこに、隣の家に回覧板を置きに行っていたおばあちゃまが戻ってくる。

「凪、ごめんよ。つい話し込んじゃって……もうキスフライ揚げてくれたんだねぇ」

「香苗ばあちゃん、遅い！　回覧板置きに行くって出てってから、もう二時間だぞ」

師匠はプリプリ怒りながら全員のご飯を茶碗によそい、來さんの「いただきます」の言葉でそれぞれが箸を持つ。

「うん、美味しい！　キスは天ぷらで食べたことがあるけど、フライも美味しい」

「それは、俺の腕がいいからだ」

「そういうことだな」

他愛のないことで笑い声が漏れる明るい食卓——。

私はいつもひとりだった。専属シェフが作ってくれた食事はとても美味しかったけれど、こうやって皆でお喋りしながら食べるキスフライの方がずっと美味しい。

楽しいな……と思うとなんだかグッときて目頭が熱くなる。潤んだ瞳を隠すように瞬きを繰り返していると、おばあちゃまの心配そうな顔が視界に入った。

「來に聞いたよ。コムラードでアルバイトをするんだって？　別に無理して働かなくても……莉羅ひとりくらい私が養ってあげるよ」

ここに来る前の私なら『うん、そうする』と即答していただろう。でも今は……おばあちゃまの苦労を知っているから……。

「おばあちゃまは年金暮らしで大変でしょ？　せめて自分の食費くらい自分で稼がないと。おばあちゃまに迷惑かけたくないの」

「なんだ、そんな心配してたのかい？　確かに年金暮らしだけど、今は來が生活費を入れてくれてるから全然余裕だよ」

えっ……そうなの？

驚いて來さんの方を向くと、すっと目を逸らした。

「來ったら、そんなにいらないって言うのに、月に二十万も渡してくれるんだ。凪が来てからは十万増えて三十万。お金が余って仕方ないよ」

豪快に笑うおばあちゃまの横で來さんがばつが悪そうにキスフライを頬張る。

來さんに騙された……と、一瞬怒りが込み上げてきたけれど、働く喜びを教えてくれたのは間違いなく來さんだ。

「でもね、おばあちゃま、私、働きたいの。今日一日、凄く楽しかったから」

「そうかい？　まぁ、莉羅が楽しいならいいけど……」

今度は來さんが上目遣いで私を見て緩やかに口角を上げた。その笑顔を見て、來さんという人はつくづく不思議な人だなと思う。

不愛想で意地悪な人かと思えば、凄く優しい部分が見えたりする。どれが本当の來さんなんだろう……。


一日の疲れをお風呂で癒やし、足取り軽く二階に上がった時のこと。とても大事なことを忘れていたことに気づく。

あっ……今日は物置になっている部屋を片付ける予定だったんだ。

地団駄を踏み後悔するも後の祭り。諦めて自分の部屋に入るとムワッとした空気が肌に纏わりついて不快指数が急上昇する。素早く窓を開けて扇風機のスイッチを入れてみたが、湿った髪を揺らしたのは体温に近い生暖かい風。

暑い……死にそう。

お風呂上りの火照った体から汗が噴き出してくる。とうとう我慢できなくなり、襖を少し開けて師匠に助けを求めた。

「師匠～そっちの部屋で涼ませて……」

しかし振り返った師匠に凄い形相で睨まれてしまう。どうやら師匠は電話中だったようで、慌ててスマホの画面を手で押さえた。

「勝手に開けるなよ。姉ちゃんの声がリサちゃんに聞こえたら誤解されるだろ！」

なんでもリサちゃんは凄いやきもち焼きで、師匠が他の女子と話しているだけで機嫌が悪くなるのだと。

「じゃあ、喋らないから、ちょっとだけ部屋に入れ……」

だが、言い終わらないうちに無情にも襖は閉じられ、落胆した私はその場に座り込む。すると後ろから「振られたな」という声が聞こえた。

「來さん……」

「今夜は昨夜より蒸し暑い。こっちで寝たらどうだ？　俺は大歓迎だぞ」

大歓迎だなんて、絶対嘘！

からかわれているのだと思い、ぷぅっと頬を膨らませるも、汗で背中に張りついたパジャマが他に選択肢はないと如実に物語っている。

そうだ。今日はパジャマだからもう恥ずかしい姿を見られることはない。うん、こんな暑い部屋で寝たら本当に熱中症になっちゃう。

自ら進んで布団を引っ張り來さんの部屋に入ると素早く襖を閉める。

「あぁ……涼しい。生き返った気分です」

大袈裟だと一笑した來さんが私に缶ビールを差し出してきた。

「まだ九時半だ。寝るには早いからな。飲めるだろ？」

「はあ、少しなら……ビールはあまり得意じゃなくて……」

とは言ったもののお風呂上りで喉はカラカラ。スッキリとした苦みと口腔内で弾ける爽やかな炭酸の刺激が堪らない。苦手なはずのビールを一気に半分ほど飲んでしまった。

「ビールって、こんなに美味しかったんだ！」

感動して声を弾ませる私とは対照的に、來さんは真顔でビールを軽く口に含み、襖の方へと視線を向ける。

「凪のことだが……あいつはほぼ毎日、この時間は彼女と電話してるから話しかけない方がいいぞ」

「毎日ですか？」

「ああ、子供が夜な夜な長電話をするのは褒められたことじゃないが、今は大目に見てる」

來さんって師匠には寛大で優しい。そういえば、夕飯の時も師匠の料理を凄く褒めていたし。その半分でいいから私にも優しくしてくれないかな……。

なんて思ったのだが——。

「凪はそうやって母親の居ない寂しさや、退院が延びた不安を紛らわしているんだ。彼女と電話をしてない日は微かに泣き声が聞こえてくる」

「えっ……」

「あいつは自分の弱い部分を見せたくないんだよ。つまり、同情されたくないってことだ」

師匠はこっそりひとりで泣き、私達の前では平気な振りをしていたのだ。來さんは

唾液を嚥下した音が体の中で大きく響き、引いたはずの汗が噴き出してくる。

「じゃあ、來さんが……」

「俺が……なんだ？」

近づいて来た彼を真っすぐ見据え、もう一度、唾をゴクリと飲み込んだ。

「來さんは……十六年前、浜で私と遊んだこと、覚えてますか？」

驚いた表情をした來さんが数舜の後、フッと笑う。そして緩んだ表情のまま私の顔の輪郭を確かめるように優しく頬を撫でた。

「あの時の泣き虫か？　そういや名前は莉羅って言ってたな。今思い出したよ」

泣き虫……そうだ。夢の中の私は泣いていた。間違いない。あの青年は來さんだ。

確信するも、彼は私と遊んだのは一度きり。おばあちゃまの孫だということも知らなかったと素っ気なく言う。

「寺っちさんは、おばあちゃまの孫だって知っていましたよ」

「寺っちは学生時代に渡船屋でバイトしてたからな。釣り宿をしていた香苗さんとも親しかった。後で聞いたんじゃないか？」

「でも、泣き虫だって……」

「それは、お前が被っていた麦わら帽子が風で海の方に飛ばされて、お気に入りの帽子だって泣き出したから仕方なく泳いで取りに行ってやったのに、今度は濡れた帽子は被れないってギャン泣きして……あの時は、ホント参ったよ」

「そんなことがあったのですか……」

違う。夢の中で私が泣いていたのは帽子を飛ばされたからじゃない。膝を怪我したからだ。

「お前、覚えてないのか？」

「はあ……実は來さんや寺っちさんと遊んだことも覚えてなくて……」

まだ夢の中の青年が來さんではないと決まったわけではないけれど、なぜか酷く落胆している自分が居る。私は來さんがあの青年であってほしいと思っているんだろうか？

ずっと自問していたが答えは出ず、自分の気持ちが分からぬまま床に就く。でも、あれこれ考えていたせいで全然眠れない。悶々としながら何度目かの寝返りを打った後、こちらに背を向け眠っている來さんの姿が視界に入ってハッとした。

そうだ。あのホクロ……來さんのうなじに〝三つ星〟のホクロがあるか確かめればいいんだ。

薄明りの中、起き上がった私は來さんが眠っているのを確認し、息を殺して首元を注視する。しかしホクロがある後頚部は髪で隠れていて確認することができない。

諦める？　でも、ここまできたら白黒はっきりさせたい。

眠っている男性の髪を触るということに抵抗はあった。けれど、真実を知りたいという欲求には勝てず、深呼吸をしてゆっくり手を伸ばす。

指先に感じる彼の柔らかい髪。それを慎重に横にずらすと目を凝らして〝三つ星〟を探した。だが……。

「ああ……ない」

ホクロなんてどこにもない。

來さんがあの青年ではないと分かった瞬間、なんとも言えない空虚感と共に胸に鈍い痛みが走った。

やっぱりあれはただの夢。あの青年は私が勝手に創り上げた虚像。現実には存在しない夢の中の住人だったんだ……。

第三章　星降る夜の甘い奇跡

——翌日。時間は夜の九時。

おばあちゃまが楽しみにしているドラマが始まると興奮気味にテレビのリモコンを手に取る。その横で私は閉じかけの瞼を必死にこじ開けようとしていた。

「莉羅、疲れてんなら、もう寝たらどうだい？」

どうやらウトウトしていたのがバレたようだ。

「あっ……う、うん」

今日は本当に疲れた……。

コムラードの仕事を終え帰宅した後、昼食もそこそこに二階に上がり、約三時間、ホコリ塗れになりながら部屋の片付けをしていたのだ。

物置になっていた空き部屋は全部で三室。その中でエアコンが使用可能だったのはひと部屋だけ。その部屋が一番厄介で、天井近くまで大量の荷物が詰め込まれていた。

おばあちゃまも手伝うと言ってくれたけど、腰の調子が悪そうだったので笑顔で断り『ひとりで大丈夫』だと言ったことを僅か数分で後悔する。

きっと、慣れた人ならそれほど時間はかからなかったのだろう。でも私は掃除機さえ使ったことがない片付け初心者。勝手が分からず時間だけが過ぎていく。途中、サーフィンの練習から帰った師匠が手伝ってくれたからなんとか夕食前に終わらせることができたけど、あのままひとりだったら確実に力尽きて挫折していた。

師匠に感謝しながら二階に上がり、片付けた部屋のドアを開けてエアコンをつける。

「あ～涼しい。今日から來さんの目を気にしないで眠れるんだ……」

すっかりストレスフリーになり笑顔になるも、なぜか不意に湧き上がってくる寂しいという感情。

「まさか……ね」

その感情の意味を探ることなく、來さんの部屋に置いてある布団を取りに行こうとした時だった――。

「ギャーッ！」

とんでもないものが目の前を横切り眠気が吹っ飛ぶ。大慌てで部屋を出ると、私の叫び声を聞いた來さんと師匠が自室から廊下に飛び出してきた。

「どうした？　何があった？」

「來さん……」

「姉ちゃん、事件か？」

「だ、大事件です」

恐怖で腰が抜けた私は立ち上がることができず、震えながら自分の部屋を指差す。

「この世の物とは思えないグロテスクな生き物が中に……」

私の訴えに師匠はたじろぎ後退るが、來さんは怯むことなく平然とドアノブに手をかけた。

「來さん、気をつけてください。毒を持っているかも……」

しかしドアを開けた來さんは「あれか……」と呟いてくすりと笑う。その様子を見た師匠も部屋の中を覗き込む。

「なんだ～姉ちゃん、あの子はアシダカグモだよ。毒はないし、大人しいいい子だ」

「いい子？」

「うん、ゴキブリを退治してくれるから香苗ばあちゃんが家から出すなって」

嘘でしょ？　あんな手の平サイズの大きなクモと一緒に暮らしているなんて正気の沙汰じゃない。

呆然とする私をよそに、人騒がせだと笑った師匠が自分の部屋に戻っていく。そして來さんも呆れ顔で自分の部屋のドアを開けた。

「クモの方がお前を怖がってるよ」

「ああ……待ってください！　お願いします。來さんの部屋に居させてください」

どんなに無害でいい子だと言われても、寝ている間に顔の上を這っていたらと思うと恐ろしくて寒気がする。

「俺は構わないが……いいのか？　せっかくその部屋を片付けたのに」

「いいんです。この部屋では、怖くて眠れませんから」

そう、こんな事態だもの。これは緊急避難だ。

でも気づいてしまった。あれこれ理由をつけ、必死に自分を正当化しようとしていることに……。

本当は私、來さんの部屋に行きたいって思ってるんじゃあ……。

「違う。そんなはずはない」

一瞬頭を過った疑心を速攻で打ち消し、激しく首を振る。

來さんには麻里奈さんという彼女が居る。彼女が居る男性《ひと》を好きになるなんてあり得ない。それに、來さんはあの青年じゃなかったんだもの……。

「おい、何ブヅブツ言ってんだ？」

「あ、いえ……なんでもありません」

「ほら、ビール飲むか？」

受け取った缶ビールは昨夜と同様、よく冷えていた。けれど、口に含んだビールは昨夜と違い、なんだかとても苦くて切ない味がする。

ため息をついてビールの缶をローテーブルの上に置くと、襖が開いて師匠が部屋に入ってきた。

「姉ちゃんの声がすると思ったら、やっぱり來先生の部屋に居たのか。暇だから相手してやるよ」

相変わらず上からだなとくすりと笑う。

「師匠、今日はリサちゃんと電話しなくていいの？」

「観たいドラマがあるみたいでさ。まぁ、ちょうど良かった。俺も毎晩、長話されたら疲れるし」

本当は寂しくて來さんの部屋に来たんだよね。師匠ってホント、素直じゃない。

それから三人で色んな話をした。ただ心配だったのは、私が家出してきたことを師匠が來さんに言ってしまわないかということ。真実を知られて呆れられるのがイヤだというのもあったけど、來さんのことだ。家に帰れと言うに決まっている。

今家に帰れば好きでもない人と結婚させられてしまう。それだけは絶対にイヤ。

笑顔の來さんを見つめ、師匠にも口止めしておくんだったと後悔していると……。

「來先生、姉ちゃんさぁ～夢で見た男に恋してるんだぞ」

なんと、まさかのそっち？　その話の方が百倍知られたくない。

焦って話題を変えようとするも來さんが興味津々って感じで身を乗り出す。

「なんだそれ？　凪、詳しく聞かせろ」

話が違う。來さんって他人《ひと》を詮索しないいんじゃないの？

「それがさ、何度も同じ夢を見て、夢に出てくる男が実在するんじゃないかって思ったみたいで、その男を探してるんだって」

「師匠、ストップ！　それ以上言わないで！」

慌てふためき師匠の口を押さえようとしたのだが、師匠は私の手を難なく振り払う。

「なんで？　來先生ならいいじゃん。でね、その男の目印が首の後ろにある三つ並んだホクロなんだってさ」

「三つ並んだ……ホクロ？」

「うん、オリオン座の三つ星みたいに斜めに並んだホクロらしいぞ」

子供の師匠に知られても、まあ、いいか……という感じだったけれど、來さんに知られたと思うと死ぬほど恥ずかしい。きっと來さんも師匠みたいに『バカじゃね～』

とか言うんだろうな。

覚悟していたのに、彼は意外にも「そういうのも、いいんじゃないか」と微笑む。

「で、その男を見つけたら、どうするんだ？　告白でもするのか？」

「そ、それは……」

ヤダ、そんな真剣な顔で聞かれたら、なんて答えていいか分からない。

師匠も來さんの反応が予想外だったようでキョトンとした顔をしている。

「会えたらいいな。その三つ星のホクロがある男に」

とても優しい声だった。なのに、私の胸に耐えがたい強い痛みが走る。

この胸の痛みの理由《わけ》は、今の一言で彼の本心が分かってしまったから。

私が誰を好きで、誰と付き合おうが自分には関係ない……きっと彼はそう思っているんだ。当然だよね。來さんには彼女が居るんだから……でも、凄く寂しい。


——しかし三日後、予想もしていなかった意外な展開が待っていた。

今日は木曜日で診療所はお休み。だけど、來さん自身は休みではない。自宅療養している患者さん宅への往診とか、医師会の会合や勉強会などで出かけることが多く、おばあちゃまが言うには、普段より帰りが遅くなることもあるのだと。でも、今日は午前中の往診が早く終わったようで、お昼前からコムラードの前の海で師匠とサーフィンを楽しんでいる。そしてもうひとり。來さんの彼女の麻里奈さんも一緒だ。

この海は遊泳禁止にはなっていないが、波が高く海水浴場に指定されていないので一般の海水浴客は居ない。代わりにサーフィンや水上バイクなどのマリンスポーツ愛好者が多く集まっていた。

仕事の手が空くと無意識に海の方に目が行く。黒とミントグリーンのウエットスーツを着た長身の來さんは目立っていてすぐに見つけることができた。でも彼の近くには必ず麻里奈さんの姿がある。それがどうしようもなく切なくて……。

あ～ダメダメ！　彼女が居る人を好きになんてならないんだから！

心の中でそう叫んだ時、大きく盛り上がった水面が波へと変わり、來さんが素早くボードの上に移動して立ち上がった。迫ってくる波をものともせず、何度もターンを繰り返して器用に向きを変えていく。

凄い……ボードが足にくっついているみたいだ。

低い姿勢で水面を滑るその美しい姿に私の視線は釘付けになり、仕事中だということも忘れ見入っていた。

あんな風に波に乗れたら気持ちいいだろうな……。

「はーっ……」と憧れの息を吐いた時、背後から寺っちさんの声がする。

「莉羅ちゃん、サーフィンに興味あるの？　やりたいなら教えるよ」

「えっ？　私が……サーフィン？」

「ずっと來達が波乗りするの見てたからさ。それとも……興味あるのは、來の方かな？」

「なっ、なんですか、それ？　私は別に來さんを見てたわけでは……」

図星を突かれ動揺する私に寺っちさんは笑顔で「はいはい」と返すと、裏の作業所からサーフスクールで使っているボードを持ってきて砂の上に置く。

「まずは陸でボードに乗って感覚を覚える。イメトレだね」

イメトレと言われても……私、まだサーフィンをするとは言ってないんだけど……。

「ほら、なんでも挑戦だよ」

寺っちさんに背中を押され、渋々裸足になってボードに乗る。

「そうそう。もっと腰を落として……腕でバランス取るんだよ」

「こ……こう、ですか？」

寺っちさんは親身になって乗り方をレクチャーしてくれたけど、重心が安定しない私は何度も倒れそうになった。

「姉ちゃん、スゲーへっぴり腰だな！」

その声で顔を上げると、いつの間にか海から上がってきていた師匠が今にも吹き出しそうな顔をしている。

「仕方ないでしょ。初めて乗ったんだから……」

「初めてでも酷いぞ」

それって、才能がないってことなのかな……とシュンとした時、來さんと麻里奈さんがボードを抱え談笑しながら歩いてくる姿が視界に入った。

実に仲睦まじい姿。そんな光景を目の当たりにし、私の胸はキリキリと痛む。すると麻里奈さんが私に気づいてやんわりと口角を上げた。

「あら、莉羅ちゃん、ボードに乗る練習してたの？　でも、止めた方がいいよ。都会育ちのひ弱なお嬢様が好奇心だけでできるようなものじゃないから」

私のことを心配してくれているような口ぶりだけれど、その言葉の中には嫌味がたっぷり含まれている。來さんの裸を見たことをまだ怒っているんだろうか？

「そうですね。私には無理かもしれません」

俯きながら返すと、來さんが私の頭をポコンと叩く。

「何勝手に諦めてんだ？　そんなのやってみないと分からないだろ。見るよりやった方が興奮するぞ。お前にその気があるなら俺が教えてやる」

「えっ……來さんが？」

「ああ、でもその前に寺っちから基礎をしっかり習え」

師匠も午後からなら一緒に練習してくれると言う。ちょっぴり不安だったけど、サーフスクールの子供達みたいに楽しむくらいなら私にもできるかもしれないと思った。

それに、來さんが教えてくれるのなら……。

その気になるも麻里奈さんの鋭い視線に気づき、再びテンションが下がる。更に彼女は私に見せつけるように來さんの腕に自分の腕を絡めた。

「ねぇ、來君、もうお昼だし、私の家でランチしない？　ママがパエリア作るって言ってたから一緒に食べよ？」

今からふたりはデートなのか……。

そっと目を逸らして店内に戻ろうとした時、思わぬ言葉が耳に入る。

「今日はやめとく。凪が弁当作ってくれたから、ここで食うよ」

えっ……麻里奈さんのお誘いを断るの？

「そうなんだ。じゃあ、私も凪のお弁当にしようかな……」

毎日昼飯作ってこなくてもいいんだぞ」

火曜日くらいからだったかな。師匠は毎日、お昼前に私達のお弁当を作ってコムラードに来るようになった。そして昼休みの來さんも合流して皆でランチをするようになっていたのだ。

「料理作るのは嫌いじゃないからいいよ。それに、來先生に頼まれたからさ」

「來が？　そういえば、來はよくここに来るようになったよな。前は休みの日に波乗りする時以外は顔を出さなかったのに」

「來先生は何考えてんだか分からないとこあるからな。気まぐれじゃない？」

「だな」

納得して笑っているふたりを眺めていたら、寺っちさんが私を手招きする。

「莉羅ちゃん、水着って持ってる？」

「あ……はい」

「なら、午後から水着に着替えてまたおいでよ。サーフスクールの生徒と一緒に教えてあげるから。凪も居るし、のんびりやればいいからさ」

「よし！　弟子の為に一肌脱ぐか。姉ちゃんは俺が特訓してやる」

とか言っていたのに、サーフィンの練習が始まった途端、師匠はリサちゃんからデートのお誘いがあり早々と帰っていった。私は陸での基礎練習を終え、いよいよ海へと向かう。遥か彼方で緩く膨れた水平線と白く霞んだ島々を眺めつつ押し寄せてきた波に足先を沈めると、ヒヤリとした感覚と共になぜか妙な懐かしさを感じた。

「莉羅ちゃん、ボードにうつ伏せになって少し沖まで行くから。これ、パドルって言うんだよ」

「あ、はい」

一見、簡単そうに見えたけど、これが結構体力を使う。

「初めは格好なんて気にしないでいいからボードに立つタイミングを覚えて。ボードの上に立つことは、テイクオフ。いいね？」

「テイクオフですね……はい」

波に揺られながら寺っちさんのお手本を見ていると、いとも簡単にボードの上に立ち、白い飛沫を上げて滑っていく。その様子を見て私にもできるかもと思ってしまった。なので、体を起こし勢いよくボードの上に立とうとしたのだが、次の瞬間、予想もしていなかったハプニングに見舞われる。

「ひぃーっ！　ううっ……」

足が攣《つ》ったのだ。そのまま波に呑まれ溺れかける。危機一髪のところで寺っちさんに助けられ、なんとか砂浜に辿り着いた。

「はぁー……死ぬかと思った」

なんだかとんでもないことになってしまった。でも、どうしてもサーフィンができるようになりたい。だって、サーフィンを勧めてくれたのは來さんだもの。それに、サーフィンができるようになったら、來さんがドジな私をひとりの女性として、そして恋愛対象として見てくれるかもしれない。

今までだったら絶対にしない決断。こんなに一生懸命、何かに打ち込むのは生まれて初めて。私は何もできない過保護娘から変わりたいと思っていたのだ。

しかし思いとは裏腹に翌日になってもまだ一度もボードの上に立てずにいる。

「姉ちゃーん。いい波が来た。今だ！　テイクオフ！」

今日のコーチは師匠だ。凄く分かりやすく親切丁寧に教えてくれるけど、一向に上達しない。既に二十回以上トライしているけど、今のところ全て失敗。

今度こそ……。

必死に体を起こし、両足に力を籠めて腰を浮かせた。

「あっ……」

それは、今までとは違う感覚。景色が違う。頬を掠める風が違う。何もかも全てが違う。

「姉ちゃん、やったぞ！　成功だー」

「私、立ってる。あぁ……凄く気持ちいい」

ボードの上に立っていられたのは、ほんの数秒だったと思う。でも、波に乗り水面を滑る快感を体感するには十分な時間だった。

波打ち際でひっくり返り、そのまま砂浜に突っ伏して大号泣。

來さんが言っていた『見るよりやった方が興奮するぞ』という言葉の意味がやっと分かった。來さん、凄く興奮したよ。私、來さんに少し近づけたかな……。


翌日、土曜の午後。診療所の仕事を終え海に来た來さんに波に乗る姿を意気揚々と披露する。不思議なもので、一度乗ってしまうと成功率は格段にアップし、すんなり立ち上がることができた。しかし……。

「全然ダメだ。姿勢が悪過ぎて話にならない」

少しは褒めてもらえると思ったのに、いきなりダメ出しされてしまう。

「お前、よくそれで大会に出る気になったな」

來さんの言う大会とは、今月末にこの浜で行われるサーフィン大会のこと。師匠のお母さんが出るはずだったあの大会だ。

私だって大会なんて無理だと思っている。でも、師匠が……。

「來先生、姉ちゃんには素質がある。今から頑張ったらビギナーの女子部門でいいとこまでいけるよ」

「凪がそう言うならやってみればいい。でも、大会に出たかったら、カットバックはマスターしろ」

カットバックは進行方向から急反転して向きを変えるサーフィンの要となる技だ。この技を成功させるには何よりスピードが重要になってくる。

のんびり楽しむはずが、來さんの本気のしごきが始まってしまった。

「遅い！　そのスピードでカットバックを入れたら技の動きが完全に止まっちまう。体がグラつくのは後ろ足が伸びて体の重心が高くなってるからだ。そんなことも分からないのか？　ちっとは頭使え！」

「でも、難しくて……」

「大会に出るんだろ？　恥かきたくなかったらやるんだよ」

ううっ……來さん、怖い。

この日から來さんの超スパルタ特訓が何日も続き、サーフィンはかなり上達したけど、毎日筋肉痛で体はボロボロ。おまけに猛暑続きで食欲もない。とうとうバイト中に倒れてしまった。と言っても、ちょっと眩暈がしただけで大したことはなかったのだけれど、寺っちさんが酷く心配して、いつもより早くコムラードに来ていた師匠に店番を任せ、車で診療所に連れて行ってくれた。

來さんの診療所はおばあちゃまの家の隣だから何度も前を通ったことはあったが中に入るのは今日が初めて。昭和四十年代に彼のおじいさんが建てたという木造平屋建ての診療所はどこか懐かしさを感じさせるレトロな建物だ。

診察を待っているのはお年寄りばかり。皆さん割と元気そうで、中には大声で談笑している人も居る。

受付を済ませて寺っちさんと長椅子に座ると、診察室から來さんの怒鳴り声が聞こえてきた。

「俊造《としぞう》じいさん、血圧が百八十超えてるぞ！　また薬飲み忘れたんだろ？　ったく、何度言ったら分かるんだ！　ぽっくりいっても知らねぇからな」

ぽっくりって……それは禁句でしょ？

医師の言葉とは思えない過激な発言に驚くも、周りのお年寄りは「また始まった」と笑い出す。

隣のご婦人が言うには、俊造さんは來さんに怒られたくてここに来ているのだと。

「診察料を払ってわざわざ怒られに来るなんて……」

意味が分からず眉を寄せると、寺っちさんが小声で言う。

「怒られると、自分のことを心配してくれているような気がして嬉しくなるみたいだよ。ここに居る殆どの人は來と話がしたくて診療所に来てるんだ」

ちょっとしたカルチャーショックだった。

「話をする為だけに？」

「この町にはひとり暮らしの高齢者が多いからね。気づけば誰とも喋らず一日が終わってたって人も少なくない。だから來はどんな話でもまず聞く。あいつは病気の治療だけじゃなく、お年寄りの心の支えになっているんだ。それに、その会話の中から新たな体の異変を見つけることもあるみたいだし」

來さんは私が抱いていた医師のイメージを悉《ことごと》く崩していく。

父様は優秀な医師が聖明会に入局するとまず自宅に呼び、夕食を振る舞っていた。

外科医が多かったせいか、彼らは難しいオペをどんな術式で成功させたかを自慢げに語り、手術を受けた患者さんのことなど気にもかけていなかった。

同じ医師なのに、一方は自分のキャリアの為。一方は患者さんの心に寄り添う医療を目指している。來さんと父様の病院のお医者さん達は担っているものが全然違う。

でも、父様は招いた医師を見送る時、いつも彼らに同じ言葉をかけていた。『患者さん第一でお願いしますよ』と。父様は來さんのような医師を求めていたのかもしれない。

診察室から出てきた俊造さんの笑顔を見て、ふとそんなことを考えていると、私が来院したことを知った來さんが診察室から飛び出してきた。

「おい、何があった？」

心配そうに私を見つめる澄んだ瞳と、初めて見る白衣姿に心臓が跳ね上がる。

「あ、あぁ……ちょっと眩暈がしただけです」

白衣は見慣れているはずなのにドキドキが止まらない。

「來のしごきのせいだぞ。莉羅ちゃん、疲れちゃったんだよ」

「そうか……」

來さんは珍しく反論せず、すごすごと診察室に戻っていった。そして待つこと十五分。私の名前が呼ばれると寺っちさんが先に立ち上がる。

「凪が心配だから戻るよ。診察が終わったら家でゆっくりするといい」

「はい……有難うございました」

寺っちさんを見送った時はまだ気持ちに余裕があった。でも、診察室に入り、來さんの前の丸椅子に腰かけた途端、妙な緊張で体が硬直する。

「眩暈の他は？　胸痛や息切れとかはないか？」

「いえ、特に何も……ただ、ちょっと怠くて……」

「じゃあ、一応、心音聞いとくか……」

聴診器を手にした來さんを見て更に鼓動が速くなり、頬が火照って顔を上げることができない。モジモジしていると痺れを切らした中年の看護師さんが後ろにまわり、いきなり私のTシャツを捲り上げた。

「ひっ……」

また、コンプレックスの小さな胸を見られてしまう……。

羞恥で真っ赤になるも來さんが素早く私のTシャツの裾を掴み、そっと引き下げる。そして後ろの看護師さんに向かって諭すように言った。

「若い娘だから配慮してやってくれ」

詫びる看護師さんに笑顔を向けた來さんが私のTシャツの中に手を差し入れ、聴診器を優しく肌に当てる。火照った胸元にひんやりとしたダイヤフラムが触れる度、体が過剰に反応して呼吸が大きく乱れた。

この胸の高鳴り……きっと來さんも気づいているはず。

その証拠に彼は私と目を合わせくすりと笑う。

「もういいぞ。まぁ、過労だろう。点滴すればすぐよくなる」

ということで、ベッドに横になり点滴が始まったのだが、処置をしてくれた看護師さんが去る間際、カーテンで仕切られた診察室の方をチラッと見て意外なことを言ったのだ。

「來先生って、吉澤さんみたいな女性がタイプなのかも」

「ま、まさか……そんなことはないと思いますけど……」

大慌てで否定した後で、そう思った理由を聞いてみると……。

「だって、若い娘だから配慮してやってくれだなんて、初めて言われたんだもの。それに、吉澤さんの名前が書かれたカルテを見た時のあの取り乱しよう……絶対に特別な女性《ひと》だと思ったんだけどなぁ～」

えっ……來さんが取り乱した？

納得いかないって顔をした看護師さんが診察室に戻ろうとカーテンを少し開けた時、

お昼の十二時を知らせるチャイムが聞こえてきた。來さんは看護師さんに昼休みに行くよう促し、ベッド横の椅子に座る。

「ちょっと無理させたか……悪かったな」

「いえ、お陰でサーフィンが上手になりましたから。それより來さんもお昼食べてきてください。師匠が待ってますよ」

「バカ、点滴してる患者を置いて行けるかよ。俺のことはいいから、ちょっと寝ろ。点滴が終わったら起こしてやるから」

大きな手が私の頭をゆっくり撫でる。白衣を着ている時の來さんは凄く優しい。だから、つい聞いてしまった。

「私のこと、心配してくれました？」

看護師さんにあんなことを言われたから、もしかして……って思ったけど、彼の答えは実に素っ気ないものだった。

「ここに来る患者のことは、皆心配だ」

「そう……ですか」

來さんはお医者さんだもの。薬を飲み忘れてしまう俊造さんのことも、悩みを打ち明けに来るおばあさん達のことも心配なんだよね。期待した私がバカだった。

点滴を終えた私は來さんに付き添われおばあちゃまの家に戻り、軽く昼食を済ませて二階の自室に向かった。來さんに『大人しく寝てろ』と言われたからだ。

アシダカグモは出現した翌日に師匠に頼み込んで窓から外に出してもらったので、今は安心して眠ることができる。布団に潜り込むとすぐにウトウトし始め、目を覚ました時には部屋の中は真っ暗だった。

今何時だろう……。

おばあちゃまに借りた枕元の目覚まし時計を確認すると、なんと午前三時半。私は十四時間近くも爆睡していたのだ。

なんだかスッキリして体が軽くなったような気がする。点滴が効いたのかな。

取りあえずトイレに行こうと部屋を出たのだが、このまま戻ってもさすがにもう寝られそうにない。なので、一階に下りて玄関の引き戸を開けた。

なんとなく夜の海が見たくなったのだ。

微かな電灯の明かりを頼りに堤防に上がり暗闇の中で響く波の音を聞いていると、突然誰かに肩を叩かれギョッとする。

「よう、やっと起きたか」

「ら、來さん……どうしてここに？　まだ夜中ですよ」

「お前の部屋のドアが閉まる音で目が覚めて……」

彼はそこまで言うと私の横に立ち、堤防に両手をついて空を見上げた。その綺麗な横顔がとても愛しく思え、改めて自分は來さんが好きなのだと実感する。

「ちょうどいいから、お前に〝アレ〟を見せてやろうと思ってな」

來さんが指差したのは、東の空。

「オリオン座だ」

「えっ……夏にオリオン座？」

彼が言うには、夏でも日の出前のこの時間ならオリオン座が見えるそうだ。

「あっ、ホントだ！　あれ、オリオン座ですよね？」

「ああ、真ん中の三つ星は、ミンタカ、アルニラム、アルニタク。見えなくても、ちゃんと居る……」

星を〝居る〟と表現するのはちょっと違う気がするな……。

違和感を覚え首を傾げた時のこと。來さんが思いもよらぬことを言う。

「お前、俺が寝てる時、首の後ろにホクロがあるか確かめたろ？」

嘘……気づいてたの？

「あわわ……それは……あの……」

「でも、ホクロなんかなかった。だろ？」

確実にバレてる……そう悟った私は観念してこくりと頷いた。

「……すみません」

すると彼が空を見上げたまま意味深な笑みを浮かべる。

「実はな、俺達が初めて会った時の話にはまだ続きがある。あの日、お前が浜で大泣きした後、堤防の手前で豪快に転んで足を擦りむいたんだ。寺っちはバイトがあって先に帰ったから、俺がお前をおぶってじいさんの診療所に連れて行った」

ということは……あれは夢ではなく、現実？　あの青年は來さんだったの？

一瞬気持ちが高ぶり喜悦の笑みが漏れたのだが……。

「でも、來さんにホクロはなかった」

「今はな」

來さんは大学を卒業する直前、あの三つ星のホクロがワイシャツの襟に擦れて痛みを感じるようになったので皮膚科で除去していたのだ。

「ホクロはなくても、その男はちゃんと居る。お前の目の前にな」

「ああ……」

さっき來さんが見えなくても三つ星が〝居る〟と言ったのは、そういう意味だったのか……。

まさかの展開に鳥肌が立ち、体の震えが止まらない。

來さんがあの青年だったらどんなにいいか、あなたに魅かれていると自覚した時からずっとそう思っていたけれど、実際にはあり得ないことだと諦めていた。なのに、本当に來さんだったなんて……。

完全に放心状態になり、大人になった現実世界の三つ星の青年を凝視する。

「探していた男に会った感想は？」

微笑んだ來さんが私の頬を優しく撫で、長い指で顎を持ち上げた。

「あ……」

距離が縮まり視線がぶつかった刹那、好きという想いと嬉しいという気持ちが全身に広がり、その感情を抑えることができなくなる。

「來さんで……良かったです」

思わず正直な気持ちを吐露すると、目の前の切れ長の瞳が優しく弧を描く。

「言っとくが、俺はお王子様でもヒーローでもないぞ」

「そんなの、もうどうでもいい……」

そう、そんな理想はもうどうでもいい。あなただから……來さんだから好きなの。

水平線から昇り始めた太陽が闇を溶かし、見上げた彼の横顔を眩い灰白色の光で照らし始める。その直後だった。唇に感じる柔らかい感触——。

これは……キス。生まれて初めて交わした口づけ。でも……。

「——どうして？」

好きな男性《ひと》にキスされて嬉しくないわけがない。けれど、來さんの真意が分からないから……彼にとって、私はどんな存在なんだろう。

憂心を抱きつつ澄んだ瞳を見つめると、來さんがふわりと私を抱き締め、耳元で低音ボイスを響かせた。

「十六年前、この浜で会った泣き虫でおませなガキんちょがドヤ顔で言ってたんだ。

『お兄ちゃん、知ってる？　男の人と女の人が好き同士になったらお口にちゅってするんだよ』って……」

好き同士……それがさっきのキスの答え？　じゃあ、來さんも私のことを？

「どうせ、それも覚えてないんだろうな」

「あぁ……、えっと……」

「ったく……お前って不思議な女だな。一緒に居ると呆れることばかりなのに、気になってしょうがない。で、気づいたらお前のことばかり考えるようになっていた。このままじゃ仕事にも支障が出る。だから責任取ってもらおうと思ってな」

「……責任？」

「ああ、責任取って俺の女になれ」

言葉は命令調で高圧的なものだったけれど、その声はとても優しい。そして少しはにかんだ彼の笑顔は輝く朝日より眩しかった。

「ほら、返事は？」

本当は、今すぐにでも自分の気持ちを伝えたかったけれど、羞恥と動揺が邪魔をして言葉が出てこない。でも、ここで素直にならなければ、一生後悔する。それが分かっていたから決死の思いで声を絞り出した。

「は……はい。責任……取ります」

出会った時のことは何も覚えていないけれど、私は十六年前の自分に心の底から感謝していた。

有難う。來さんがキスしてくれたのは、おませなあなたのお陰。そして伝えたい。あなたのファーストキスは、ようやく会えた初恋の青年だよと……でも、愁い事がひとつ。もう黙っているわけにはいかない。全てを來さんに話さないと……。

第四章　無謀な賭けの代償

來さんとキスをしてから十日ほど過ぎたが、今のところそれ以上の進展はない。でも、ボディタッチが確実に増えた。頭を撫でてくれたり、さり気なく背中に手を添えてきたり。それは嬉しいことだけど、時々、凄く怖い顔をして機嫌が悪くなる時がある。

コムラードによく来てくださる常連の男性や、海でたまたま会った男性サーファーと話をしている時、『俺以外の男に必要以上に笑いかけるな』だなんて、おっかない顔で意味不明なことを言うのだ。來さん曰く、私は隙があり過ぎるらしい。『莉羅に微笑みかけられた男が誤解したらどうする？』って真顔で問われるが、笑っただけで何を誤解するのだろう。私からすれば、彼の言動の方が問題だ。

家で食事をしている時、今まで対面に座っていた來さんが気づけば隣に座るようになり、おばあちゃまと師匠がテレビに夢中になっていると不意に耳元に熱い息を吹きかけてくるのだ。それに、コムラードでランチをした後、お弁当箱を洗っていると突然後ろから抱き締めてくる。その度、恋愛経験のない私は照れたり焦ったりと大忙し。

どうやら來さんはそんな私のオーバーリアクションが面白いらしく、わざとやっている感が否めない。つまり私をからかって楽しんでいるのだ。

昨夜も師匠が寝た後に私の部屋にやって来て『今日はここで寝ようかな』なんて言うから、色々想像して震えが止まらなかった。結局、一時間ほどで自分の部屋に戻っていったけど、その間、一度も來さんの顔をまともに見ることができなかった。

私、全然余裕がないな……。

お弁当の隅に残っていた甘い卵焼きを頬張り、小さなため息をつく。

今日は土曜日なので來さんの診療所は午後からはお休み。皆でランチをした後、サーフィンを教えてもらう約束をしていた。しかしお弁当を食べ終えても來さんは難しい顔で腕組みをしたまま一向に立ち上がろうとしない。寺っちさんも気になったようで、來さんに「何かあったのか？」と心配そうに尋ねている。

「実は、さっき診察を受けに来た町会議員に聞いたんだが……この浜を埋め立てて工場を誘致するって話があるみたいでな」

「はあ？　なんだそれ？」

いつも冷静で穏やかな寺っちさんが声を荒らげる。私と師匠は呆然として言葉も出ない。

その町会議員の話では、地域活性の為国が補助金を出し、県が進めている事業なのだそうだ。決定すれば海岸沿いに建つ家は全て立ち退きになるらしい。

「診療所や香苗さんの家……そしてコムラードも対象になるって言ってたよ」

「そんな……嘘でしょ？」

來さんはまだ決まったわけじゃないと言うが、その表情は険しい。

「県の偉いさん達は、この海をなんだと思っているんだろうな……」

寺っちさんの悔しそうな声が胸に深く突き刺さり、無性に悲しくなる。

確かにこの町は限界集落だ。活性化は必要かもしれない。でも、この町の大多数の人達は海の恵みを受け、この海と共に日々生活している。何より美しい海を愛しているのだ。工場が建てば町は潤うかもしれないけど、失われた美しい景観は二度と元には戻らない。

町民ではない私でもこんなにショックなのだから、來さん達の落胆は計り知れない。

「とにかく、計画が本格化したら反対運動するしかないな。町民が反対すれば、県も無理に進めることはないさ」

寺っちさんの言葉に師匠が大きく頷く。

「だよな！　この海は日本でも有数のサーフポイントだ。そんなとこに工場なんて建てたら全国のサーファーが黙っちゃいないよ！　そうだよな？　來先生」

「ああ、凪の言う通りだ。じゃあ、大会に向けて練習するか」

立ち上がった來さんが微笑を浮かべ、私に手を差し出してくる。その手を握り、私も笑顔で立ち上がった。

着替えを済ませて來さんと師匠と三人で白波が立つ浜辺へと向かう。ウォーミングアップで体を十分解した後、海の中で転んでもボードが離れてしまわないようリーシュという紐を自分の足に装着する。

最近では來さんに怒鳴られることも少なくなり、自分でもかなり上達したと思う。

何度か波に乗って再び沖に出ると來さんがパドルで近づいてきた。

「よし、ボトムターンとトップターンは上手くなったな。後、大事なのは波をメイクすること」

ボトムターンは波の下でターンすること。トップターンはその反対で、波の上でターンすることだ。來さんが言った〝波をメイクする〟とは、最後まで波を乗り切ること。

「それと、大切なことを教えておく。基本、ひとつの波に乗れるのはひとりのサーファーだけだ。一番高い場所からテイクオフしたサーファーがその波を独占できる」

他の人は、どんなにいい波だと思っても最初にテイクオフした人に波を譲らなくてはいけないそうだ。

「決まりなのですか？」

「決まりって言うか、マナーだな。安全の為には必要なことだ。だから大会で勝ちたかったら誰よりも早く波に乗れ。いいな」

「はい……」

大会は来週の土曜日。一週間後だ。自分の練習量を減らして私に付き合ってくれている來さんの為にも頑張らなくっちゃ。


四日後の夜、私は眠い目を擦りながら何度も目覚まし時計を眺め、ため息をついていた。すると日付が変わってすぐ、ドアをノックする音が聞こえる。

あっ、來さんだ。

いつしか私は彼を待つようになっていた。

急いでドア開け來さんを部屋に招き入れたのだが、ドアを閉めた直後、腰にまわされた手に引き寄せられ、バランスを崩した体は來さんと共に足元の布団の上へと倒れ込む。

「んんっ……」

心地いい重みに肢体の自由を奪われたのと同時に意図せず重なった唇。弾けるように触れた後、一瞬体を起こした來さんの艶めかしく窈然な瞳が私の視線を捉える。そしてちょっぴり強引で甘ったるい二度目のキスが落とされた。

突然の出来事に動転し、つい彼の胸を押してしまった。私としては結構強く押したつもりだったのに、それ以上の強い力で押し返される。

「逃がさない……」

甘く気怠い声は吐息となって濡れた唇を掠め、ほんのりアルコールの匂いが漂ってきた。

「酔っているんですか？」

「待ちくたびれて飲み過ぎた……」

來さんは師匠が寝るのをずっと待っていたらしく、ビールを飲み過ぎてしまったのだと。

「凪にはまだ、俺達が付き合っていることを知られたくない」

「どうしてですか？」

「変に興味を持たれても困る。教育上よくないからな」

なるほど……と納得すると、無精ひげが残る頬を私の首元に押しつけてきた。

「來さん、チクチクして痛いです」

「我慢しろ。俺は気持ちいいんだ。お前とこうしてると、落ち着く……」

意外な言葉にギャップを感じ、こっそり破顔する。

來さんってもっとクールな人だと思ってたのに、意外と甘えん坊なんだ。でも、そんな來さんも好き……。

密着した胸から伝わってくる規則正しい心臓の音を聞きながら、満ち足りた一時に幸せを感じていると、微かに彼の寝息が聞こえてくる。

今日は患者さんが多かったって言ってたから疲れてるんだね……。

來さんが深い眠りに堕ちたのを確認して彼をギュッと抱き締めた。

ああ……凄く幸せ。でも、このままじゃいけない……來さんは未だに私のことをおばあちゃまの家に遊びに来た大学生だと思ってる。それに、無理やり結婚させられそうになって家出してきたってこと、そろそろ本当のことを言わないと……遅くなればなるほど言いづらくなる。

初心者の私と麻里奈さんとではエントリーする部門が違う。私はビギナーの女性部門。彼女は一番レベルが高い一般女性部門。お互いそれぞれの部門でより上位になった方が勝ちだと。

ルールは理解した。でも、そんなリスキーな賭けを受けるわけにはいかない。

当然、断ったのだが、麻里奈さんが呆れ顔で嘲笑する。

「その程度の覚悟でこの海を守りたいだなんてよく言えたものね。偉そうなことを言っても所詮、あんたはよその人間。本気でこの海を守りたいなんて思ってないのよ」

「違います。私は本気でこの海を守りたくて……」

「だったら私と勝負しなさいよ。あんたの本気とやらを見せたらどう？」

反論できなかった。麻里奈さんの言う通りだと思ったから。

そうだよね。この町に来てまだ一ヶ月も経っていない私が何を言っても綺麗ごとにしか聞こえない。

だったら私の覚悟を見せるしかないと思った。けれど、どう考えても私が麻里奈さんに勝てるとは思えない。賭けに負ければ來さんを失ってしまう。わざわざ負けが決まっている勝負に挑むことに意味なんてあるんだろうか？

私の一瞬の迷いを麻里奈さんは見過ごさなかった。

「やっぱ、都会のお嬢様には無理か……私があんただったら迷うことなく賭けに乗ったけどね。來君はあんたみたいなヘタレ女のどこが良くて付き合ったんだろう」

その挑発的な言葉と麻里奈さんの薄ら笑いが私の心を激しくかき乱す。煽られているということは分かっていたけど、沸々と湧き上がってくる怒りを抑えることができなかった。

簡単なことだ。優勝すればいい。ビギナー部門で一位になれば、麻里奈さんが一般部門で一位になっても私の勝ちになる。

怒りに任せ、パドルを始めた麻里奈さんの背中に向かって大声で叫んでいた。

「分かりました。その勝負、受けて立ちます！」


――土曜日。サーフィン大会当日。

昨夜は來さんに早く寝ろと言われたから十時過ぎには布団に入ったけど、色んなことが頭の中を駆け巡り目が冴えてなかなか寝つけなかった。それに、工場誘致のことがあったから、まだ自分のことを來さんに話せてない。

「莉羅ちゃん、凪が出るよ」

寺っちさんに肩を叩かれ顔を上げると、師匠が大きな波を捉えテイクオフしたところだった。師匠はいきなり崩れてくる波の一番高い部分に乗り上げ、一気に下降してまた浮上するフローターという技を決める。その後も安定感抜群のライディングで浜を埋め尽くしているギャラリーから大きな拍手を受けていた。

さすが師匠だ。小さな体で巧みにボードを操っている。

「凪は余裕だな。優勝は間違いない。次は莉羅ちゃんの番だね。そろそろ用意しといた方がいいよ」

私が出場するビギナーの女性部門は師匠が出ているキッズ部門のすぐ後だ。そして午後からは、麻里奈さんがエントリーしている一般女性部門と來さんと寺っちさんが出場する一般男性部門が行われる。

観覧席から出場者控えエリアに移動した私は診療所がある方向に目をやり、ひとつ大きな深呼吸をした。

來さんはまだ診療中だ。彼が居なくて心細いけど、頑張らなくっちゃ。絶対に優勝して麻里奈さんとの賭けに勝つんだ。

でも、そう思えば思うほど、緊張で体が強張る。更に周りに居る出場者が自分より強そうに見え、不安になってきた。実際、私の前のグループでライディングした女子中学生はビギナーとは思えないキレのあるパフォーマンスで観客を沸かせていた。

ああ……気持ち悪くなってきた。吐きそう……。

完全に場の空気に呑まれネガティブ志向になっている。そんな私の耳に届いたのは、おばあちゃまと師匠の叫ぶ声。見れば『りら、てっぺんを目指せ!』と書かれた横断幕を掲げ、ふたりして私の名前を連呼している。

げっ……おばあちゃまったら、いつの間にあんなの用意してたの。

恥ずかしくて赤面するもそのお陰か、今までの緊張はどこへやら。強張った筋肉がいい具合に解れてきた。

「では次、エントリーナンバー十番から十二番の方」

迷いなく立ち上がると波打ち際に立ち、潮の香りがする空気を胸いっぱい吸い込んだ。

來さん、私、頑張るから。

スタートを告げる笛の音が響いたのと同時にボードを抱え、白い飛沫を上げながら海へと入っていく。

制限時間内にどれだけ多くの波に乗れるかが勝敗を決める。できることならより大きな波に乗りたい。でも、選り好みをしていたら数はこなせない。とにかく一番初めにテイクオフしないと……。

しかしパドルが苦手な私は他のふたりから少し遅れをとり、いい波を立て続けに奪われてしまった。やっとの思いでテイクオフした波はすぐにヘタれてしまい、ボトムターンが精一杯。その後、なんとか巻き返したが、審査員にアピールできるようなライディングはできなかった。

どうしよう。このままじゃ負けちゃう。

もう時間がないと思うと気持ちばかりが焦り、また出遅れてテイクオフのタイミングを逃してしまった。だが、対戦相手が華麗に波に乗る姿を見送った直後、沖から大きく盛り上がった海面が迫ってきていることに気づく。すると私の横でパドルをしていたもうひとりの対戦相手の女性も顔を上げた。

今までで一番大きな波。あの人も狙ってるんだ。

おそらくこの波が最後のチャンス。譲るわけにはいかない。

徐々に近づいてくる大波にタイミングを合わせ、ボードに足を乗せた。でも、先に立ち上がったのは相手の方だった。

「そんな……」

耐えがたい現実に涙が溢れ、脱力してボードに顔を伏せる。

もうダメだ。今までの努力が全て水の泡……來さんも失ってしまう。

諦めの涙が頬を伝った時、観戦しているギャラリーから悲鳴にも似た叫び声が上がった。何事かと視線を戻すと、私に競り勝ち先に波に乗った女性が海に落ちている。

嘘……。

波はまだ高い。でもハプニングで体が動かない。そんな中、聞こえてきたのは、あの人の声——。

「莉羅！　何してる。立てっ！」

えっ……來さん？

いつの間にか來さんが波打ち際まで来て大きく手を振っている。

「今だ。テイクオフ！」

固まって動かなかった体が彼の声に反応し、自分でも驚くほど軽やかにボードの上に立つことができた。念願だった大波を捉え、ボードは勢いよく青い水面を滑っていく。私は來さんに教わったことを復唱しつつ姿勢を低くして前を見据えた。

「波は不意に形を変える。足元ばかり見ていたらその変化に気づくのが遅れてしまう。だから視線は常に数メートル先。自分が進みたい方向に目を向け、波の変化に対応しながらボードをコントロールする。そうすれば、波と一体になれる……」

冷静さを取り戻した私は、波を上から下へ、また、下から上へとアップスを繰り返し、來さんと何度も練習したカットバックを入れる。そして波が勢いを失いかけた時、最後の技を決める為ボードを急反転させた。

スピードは申し分ない。絶対にいける。

確信した私は後ろ足に重心を移し、波の一番高い場所でのトップターンを決めた。

それと同時に競技終了の笛が聞こえ、崩れた波と共に波打ち際へと流れ着く。

潮にもまれながら顔を上げると愛しい人が両手を広げ、優しく微笑んでいた。

「莉羅、よくやった」

彼は私の体を軽々と持ち上げると、耳元で甘い声を響かせる。

「上手に波に乗ったご褒美をあげないとな……後でいっぱいキスしてやる」

「ヤ、ヤダ……來さんったら、人前でそんなこと言わないでください」

なんて言ったけど、それは照れ隠し。本当は今すぐにでもご褒美のキスが欲しかった。でも、まだ心の底から喜べない。來さんとのキスは順位が決定した後。私が麻里奈さんとの賭けに勝った時だ。

昼食を挟み、一般女性の部が始まった。

麻里奈さんの波乗りを見るまでは、ほんの少しだけど、勝てる自信があった。だけど彼女の本気のパフォーマンスを目の当たりにして一気に意気消沈する。

長身でスレンダーな麻里奈さんがテイクオフしただけでギャラリーからため息が漏れ、綺麗なホームで力強いターンを決めると審査員が前屈みになった。

悔しいけど、凄くかっこいい。それに、難度の高い技をいとも簡単にやってのける。ラストに披露したボードの上を歩いて先端で波に乗るノーズライディングは安定感抜群で、まるで宙に浮いているようだった。

凄い……私はとんでもない人に勝負を挑んでしまったのかも……。

私の不安をよそに盛り上がりは最高潮。いよいよ出場人数が一番多く激戦が予想される一般男性の部が始まった。まずは、寺っちさんがダイナミックな得意技を披露し、悠々たる面持ちで競技を終える。残るは來さんが出るラストの一組だけ。

私の練習につきっきりで自分の練習はあまりしてなかったけど、大丈夫かな。

ボードを小脇に抱え、ゆっくり波打ち際へと歩き出した來さんを祈るような気持ちで見つめる。ギャラリーもシンと静まり返り、全ての視線が來さんを含むビーチの三人に向けられた。

けたたましく鳴る競技開始の笛。それと同時に巻き起こる歓声。來さんはあっと言う間にテイクオフすると華麗に波の中を疾走していく。

力強さの中にも繊細さを感じさせる技の数々。その卓越されたテクニックは他を圧倒し、一緒に競技している人達が霞んでしまうほど。

この海で來さんに勝てる人は居ない……そう思わせたのは、エアリアルという難易度が非常に高い技を連続で決めた時。崩れ始めた波を駆け上がり、空中に飛び上がってボードを一回転させるのだ。スピード感のある豪快なエアーはビーチに居る全ての人を魅了した。

パフォーマンスを終えて浜に上がった來さんをギャラリーがスタンディングで迎える。その拍手に応えるように軽く手を上げた彼がとても誇らしく思えた。

今度は私が來さんを褒める番だね。

「來さん、素敵でした！」

彼に駆け寄り笑顔で言うも、麻里奈さんが近づいて来るのが見えた途端、高揚した気持ちが一瞬にして消沈する。

麻里奈さんは私の前を素通りした後、來さんにすり寄り嬌笑を浮かべた。

「さすが來君。優勝は間違いないね」

「麻里奈も良かったぞ。一般女性部門の優勝はお前で決まりだな」

來さんが麻里奈さんの演技を褒めれば褒めるほど、私の心の中で不安の色がどんどん濃くなっていく。

「じゃあ、ビギナー部門の優勝者は誰だろう？」

麻里奈さんはそう言うと私の方をチラッと見て、やんわりと口角を上げた。

「さぁな。ビギナー部門は途中からしか見てないからな……」

「そっか。でも、莉羅ちゃんじゃないのは確かね。ラストは良かったけど、初めの方はグダグダだったもの。三位入賞は難しいかもね～。あっ、五位くらいだったらいけるかもよ」

――五位？　……麻里奈さんの予想が当たっていたら私の負けだ。

來さんは、まだ波乗りを始めたばかりで五位なら上出来だって言うけど、それじゃダメなの。一位じゃないと……優勝しないとダメなの。

後先考えず無謀な賭けをしてしまったと今更ながら後悔する。でも、どんなに後悔してももう遅い。私は麻里奈さんの賭けを受けてしまったのだから……。

程なくビーチにアナウンスが流れ、結果発表が始まった。

審査員を遠巻きに囲む出場者達から期待と不安が入り混じった声が漏れ聞こえ、一気に緊張が高まる。

「お待たせ致しました。各部門三位以上の入賞者の発表と表彰を行います。名前を呼ばれた方は前に出てきてください。尚、四位から十位の方は審査員席横の掲示板にてお名前を貼り出しますので、各自ご確認お願い致します。ではまず、キッズ部門の発表から……」

さすがに師匠も緊張しているのか、普段見ることのない真剣な面持ちで審査員を見つめている。

三位と二位では師匠の名前は呼ばれず、いよいよ一位の発表だ。

「心配するな。一位は凪だ」

來さんが師匠の肩を引き寄せたのとほぼ同時に静まり返ったビーチに師匠の名が響き渡った。

「よっしゃー！」

師匠が飛び上がって喜び、來さん達に揉みくちゃにされている。私もつられて笑顔になるが、この後にビギナー部門の発表があると思うと気が気ではない。

「それでは、ビギナー部門の発表に移ります」

いよいよだと思った瞬間体がビクッと震え、心臓が凄い速さで動き出した。指先は氷のように冷たくなり、喉は潤いを失いカラカラ。祈るように胸の前で手を合わせて必死に気持ちを落ち着かせる。

怖い。できるものならこの場から逃げ出したい。

「そんな力むな」

來さんの優しい声が聞こえ、薄目を開けたタイミングで三位が発表された。

私じゃ……ない。

続いて発表された二位でも私の名前は呼ばれず、ついに崖っぷち状態。追い詰められ、拡声器を持つ審査員の顔が涙で滲んでいく。

「では、ビギナー女性部門、第一位の発表です」

あぁ、神様……どうか勝たせてください。

かなり難しい状況だということは分かっていたけど、願わずにはいられない。せめて同位で……と組んだ手を額に当て固く瞼を閉じた直後、審査員が一位の名前を高らかに叫んだ。

「あぁ……」

灼熱の太陽に晒されているのに、ゾクリと寒気がして全身に鳥肌が立つ。私はその場に崩れ落ち、潤んだ瞳で天を仰いだ。

私……負けたんだ。絶望とは、こんな気持ちのことを言うんだね。

麻里奈さんの順位はまだ発表されていないが、來さんが絶賛していた彼女のライディングが三位以下とは思えない。

砂浜に座り込んだまま震える体を抱き締めていると、徐々に意識が遠のいていく。

「おい、どうした？」

來さんの声が聞こえるけど、喉が詰まって声が出ない。それに、ちゃんと呼吸をしているのに凄く苦しくて……。

來さん、ごめんなさい。本当にごめんなさい。私、なんの力にもなれなかった……。

頬を伝った水滴が唇に触れ、微かな塩味を感じる。暫くしてようやくそれが自分の涙だと気づき、薄目を開けた。

「目が覚めたか？」

頭上から來さんの低い声が聞こえる。

「私……どうして……」

「極度の緊張からくる過呼吸。それと軽い脱水。ちょうど今、点滴が終わったところだ」

ここは來さんの診療所。そうか、私、順位の発表の途中で意識が朦朧として……あの後、倒れちゃったんだね。

來さんが言うには、ついさっきまで私のことを心配して皆ここに居てくれたそうだ。

「そうですか……皆さんに迷惑かけちゃいました。そして來さんにも……」

彼はまだ、ウエットスーツを着たままだ。

「俺のことはいい。それより意識が戻るまでずっと泣きながら謝っていたが、もしかして優勝できなかったことを詫びていたのか？」

「えっ……」

一瞬、麻里奈さんと賭けをしたことを知られたのではと焦ったが、そうではなかったようで……。

「言っとくが、俺は別にお前に優勝してほしくて波乗りを教えたわけじゃない。上達する喜びを知ってほしかっただけだ」

來さん、違うの……そうじゃないの。

でも、本当のことは言えなかった。來さんが賭けのことを知れば、きっと怒る。そして見事に賭けに負けた私をまた呆れた顔で見るよね。それだけじゃない。私はあなたとの未来を賭けの対象にしてしまった……。

愚かな自分を恥じ、唇を噛む。すると來さんが立ち上がり、私の顔を挟むようにベッドに両手をついた。

「優勝はできなかったが、お前はよく頑張ったよ。……約束のご褒美だ」

「あ……」

ベッドの軋む音と共に涙で濡れた頬に潮の香りがする温もりが触れ、その温もりは唇へと滑っていく。でも、賭けに負けた私にご褒美を貰う資格などない。そんな頑なな思いが緩みかけた唇を再び固く閉じさせた。

「欲しかったくせに……無理するな」

痺れるような甘い声色が私と來さんの間の空気を揺らし、同時に私の心も大きく揺さぶった。

そんな声で囁かれたらダメだ……來さんのご褒美が欲しくて我慢できなくなる。

密着した胸が激しく疼き、気づけば自分の気持ちが制御できなくなっていた。とうとう溢れる想いに抗えず、ぎこちない手つきで彼の背中に腕をまわす。すると來さんが少しだけ顔を上げ「ふふっ」と笑った。

「いい娘《こ》だ……」

熱を孕んだ妖艶な双眸に見つめられ、私の理性は完全に溶け落ちた。

「來さんのご褒美……ください」

彼は私の額に張りついていた濡れた前髪を撫で上げ、頬を大きな手で包むと強く唇を押し当ててきた。それは深く濃密な交わり。濡れた唇を割り、差し入れられた硬い舌が歯列をなぞるようにゆっくり動く。程なく絡めとられた舌は彼のなすがまま。口腔内で淫らに踊らされた。

そんな状態が暫く続き、來さんの唇が離れると――。

「下手くそ」

体を起こした彼がまた呆れたように零す。

「ご、ごめんなさい」

キスひとつまともにできない自分に自己嫌悪。シュンとして肩を窄めるが、なぜか來さんは笑っている。

「でも、そこがお前らしい。可愛いよ」

ああ……來さんに初めて可愛いって言われた。

この上ない幸せを感じ、堪らず來さんに抱きつくも彼にサーフィン大会の順位を聞かされた瞬間、現実に引き戻される。

「波乗りを始めてまだ一ヶ月だ。それで四位は凄いぞ」

來さんがどんなに褒めてくれても上手く笑えない。

「それで、來さんは……」

「俺か？　俺はもちろん一位だ。麻里奈も予想通り一位だったよ」

麻里奈さんも……聞く前から結果は分かっていたけど、やっぱり辛い。

「そうですか。來さん、おめでとうございます」

本当はもっと沢山おめでとうって言いたかったけど、これ以上何か言ったら泣いてしまいそうで言葉が続かない。

そんな私の気持ちなど知る由もない來さんが目の前で微笑み首を傾げた。

「一位になった俺へのご褒美は？　何をくれる？」

「私が來さんにご褒美をあげるのですか？」

「当然だろ？　俺も頑張ったんだから」

確かに……と納得したけれど、まだバイト代を貰っていない私は一文無しだ。

「でも私、來さんが喜ぶようなもの、プレゼントできないかも……」

申し訳なくて視線が落ちると彼が人差し指を立て、それを私の方に向ける。

「そんなことはないさ。今俺が一番欲しいのは、莉羅……お前だから」

「えっ？　わた……し？」

予想もしていなかった言葉に驚いて勢いよく顔を上げれば、愛しい人が優しい目で微笑んでいた。

「俺は割と我慢強い方なんだよ。でもな、そろそろ限界だ。この可愛い唇だけじゃ満足できなくなってきた。お前の全てを俺のものにしたい……」

一瞬呼吸が止まり、心臓がドクンと震える。

それはつまり、そういうことだよね。鈍感な私でも察しはつく。それに、恋愛小説を読み漁っていたから少なからず興味はあった。

「で、でも、まだ心の準備が……それに私、胸が小さくて幼児体形だし……來さんをガッカリさせちゃうかも……」

恥ずかしさと自信のなさが語尾を曖昧に途切れさせる。しかし來さんは私の心配を豪快に笑い飛ばした。

「別に今すぐとは言ってない。いくらなんでも、さっきぶっ倒れたばかりの女を無理やり押し倒そうなんて思っちゃいないさ」

「はあ……」

れ、そうかもしれないと思うようになっていた。

私がここに来なければ、麻里奈さんが工場誘致を町長に勧めることはなかったし、美しい景色が危機に晒されることもなかった。景色だけじゃない。誘致が決まれば、おばあちゃまの家もコムラードも、そして來さんの診療所も全て消えてしまうのだ。

自分を責めては落ち込む——そんなことを繰り返し、先のことは何も考えられずにいる。

今夜もなかなか寝つけず、カーテンの隙間から見える夜空をぼんやり眺めていると、ドアをノックする音が聞こえた。

あっ……來さんだ。

「凪のヤツ、やっと寝たよ」

疲れた表情の來さんが私の隣にドカリと座り、徐に肩を抱く。私は広い胸に頬を当て、彼の体温を感じながら静かに瞼を閉じた。

トクトクと聞こえる來さんの心臓の音——許されるなら、ずっとこの音を聞いていたい。そう、他には何も望まないから來さんの傍に居させてほしい。

いっそのこと、來さんに全てを話し、あんな賭けなどなかったことにしてしまおうかとも考えた。しかし納得して賭けをすると言ったのは、誰でもない。私なのだ。

――約束を破るということは、人を裏切るということ。そんな愚かで卑怯な人間にだけはなってはダメよ……。

これは、私が幼い頃、亡き母が繰り返し言っていた言葉。

そうだよね。約束は守らないと……。

ならば、せめて思い出が欲しいと思った。

残された時間はもう僅か。このままさよならだなんて……イヤだ。どんなに月日が流れても忘れないように、この体に來さんの温もりを刻みつけたい。

そんな切ない願望が羞恥を消し去り、私の背中を押した。

「來さん、私からのご褒美……受け取ってくれますか？」

別れを決めた後に抱いてほしいだなんて自分勝手でずるい欲求かもしれない。人として最低だよね。でも、どんな罰を受けてもいいからあなたが欲しかった。

彼は私の申し出に少し驚いたような顔をしたが、すぐに「喜んで……」と目を細める。意を決して膝立ちになると、その瞳から視線を逸らさぬよう顔を近づけ、自ら唇を重ねた。でもそれは、ぎこちない不慣れなキス。だけど私には、精一杯のキス。

「相変わらず下手だな」

今となっては呆れて苦笑するあなたも愛おしい。堪らず抱きついて頬擦りすれば、お返しとばかりに無精ひげが残る頬を押しつけてくる。

ちゃんと覚えてるよ。チクチクして痛いけど、來さんは気持ちいいんだよね？　あなたのことは何ひとつ忘れない。低く通る声も筋肉質の逞しい体も、長めの前髪から覗く綺麗な瞳も絶対に忘れないから……。

再び唇が触れた瞬間、背中に添えられた手に支えられ体がゆっくり倒れていく。ふかふかの敷布団に体が沈むと、彼は私を包み込むように優しく抱き締め「心配するな」と呟いた。

心配なんてしていない。これは私が望んだこと。

数瞬見つめ合った後、啄むように何度も唇が弾み、お互いの半開きの口から漏れた熱い吐息が混じり合う。そして湿った舌先が私の下唇を舐め、ちゅっ……と淫靡な音を立てて吸い上げた。

「柔らかくて甘い……莉羅の唇、舐めて吸ったら溶けてしまいそうだ」

顔を上げた來さんが囁くように言う。

そんな彼を見上げ、このまま來さんの舌に溶かされてしまいたいと本気で思った。溶けて消えてしまえば、もう悩まずに済むから……。

「いいよ……唇だけじゃなく、私の体……全部溶かして」

「ふっ……煽り方は知っているんだな」

大きな手に覆われた小さな胸が愛しさと切なさで震えている。程なくその胸が來さんの目と外気に晒され、露わになった肌の上をしなやかな指と舌が滑っていく。

彼から与えられる甘い刺激で全身が燃えるように熱い。

「怖いか？」

怖くないと言えば嘘になる。でも、後悔したくないの。

「來さんだから……怖くない」

彼の愛撫を受けながら、そっと瞼を閉じて覚悟の息を吐く。そんな私に來さんはどこまでも優しかった。決して急ぐことなく、時間をかけて心と肢体の緊張を解していく。だから覚悟していた痛みも僅かに感じただけで恍惚の時を迎えることができた。

ああ……私、來さんとひとつになれたんだ……。

余韻に浸りつつ、カーテンの隙間から差し込む月明かりに照らされた彼の横顔を見つめた時、ある人物の顔が頭に浮かび、ハッとする。

ああ……そうだ。あの人に頼めば……でも、そんなことをしたら私の居場所が父様にバレてしまう。

躊躇したけれど、賭けに負けた私にはもうこの方法しか残っていないと思った瞬間、自《おの》ずと答えが出た。

「來さんは、絶対にこの海を守りたい。そう思っているんですよね？」

「当たり前だろ？」

「だったら、いい方法があります」

目を見開いた來さんが上半身を起こし、私を凝視する。

「いい方法って……なんだ？」

「町長より権力のある人に頼むんです。工場誘致をやめてほしいって……」

私の答えを聞いた來さんがまた呆れた顔をした。

「なんだそれ？　知事にでも会いに行く気か？」

「いいえ、もっと力のある人です。与党の幹事長……遠藤光雄さん。あの人なら話を聞いてくれるかもしれません」

「遠藤……光雄？」

時々ニュース番組で遠藤のおじ様の会見の様子が取り上げられている。きっと來さんも知っているはずだ。けれど、私が突然与党幹部の名前を出したからか、彼は戸惑いの表情を見せる。

「なぁ、お前とその遠藤っていう国会議員、どういう関係なんだ？」

「あ、えっと、父の大学の先輩なんです。私も何度かお会いしたことがあって、親身になって色々話を聞いてくださる方だから、工場誘致のこともきっと……」

「——やめろ……」

「えっ……でも、少しでも可能性があるなら……」

「聞こえなかったのか？　そんなことはやめろと言ってるんだ！」

怒鳴った來さんの目が射貫くように私を見つめている。その目は怒りに満ち、身震いするくらい怖かった。

「……どうして？」

パジャマの上着を羽織った背中に向かって問いかけると、立ち上がった彼が吐き捨てるように言う。

「この町のことは、この町の人間で決める。余計なことはするな！」

「余計なこと？」

「ここの海がどうなろうと、お前には関係ないことだ。よそ者が首を突っ込むな！」

彼の口からそんな台詞が出てくるとは思っていなかったので、愕然として頭の中が真っ白になった。

それが……來さんの本音？

「私は、よそ者なんですか？」

しかし彼は何も答えず、ドアノブに手をかける。

私だって、遠藤のおじ様を頼りたくない。おじ様を頼れば、私は確実に連れ戻され剣也さんと結婚させられてしまう。それを覚悟で遠藤のおじ様を頼ろうとしたのは、この町に住む大好きな人達の為。何より來さんが大切に思っている海を守りたかったから。なのに……。

「……なぜ？」

薄暗い部屋に私の声が響いた直後、大きな音を立て部屋のドアが閉まった。

第五章　愛が憎しみに勝った時

今日は水曜日。麻里奈さんとこの町を去ると約束した土曜日まで、もう三日しかない。

來さんとはあの日以来、微妙な状態が続いていた。食事中、師匠やおばあちゃまとは普通に会話をしているのに、私とは目も合わせてくれない。毎日来ていたコムラードにも顔を出さなくなったし、師匠の部屋の明かりが消えた後、どんなに待っても私の部屋のドアがノックされることはなかった。

好きな人に避けられることがこんなにも辛いことだったなんて……私、來さんに嫌われたのかな。

自分達の町のことは自分達で決めたいという彼の気持ちは分からないでもない。でも、この海を守る為にできる限りのことをするのは間違いじゃないはず。

そのことを來さんに聞きたかったが、なかなかふたりきりになる機会がなく、真意を確かめられずにいる。

だけど、これで良かったのかもと思ったり。もちろん嫌われるのは辛いことだけど、私はもうここには居られないのだから未練を断ち切るにはいいタイミングなのかもしれないな。それに私が居なくなれば、麻里奈さんの気持ちが変わって工場誘致を反対してくれるかもしれない。どんなに怒っていても麻里奈さんは來さんのことが好きなのだから……。その為に私ができることは、次の行先を探すこと……もう時間がない。

しかし私の考えは甘かった。翌日、町長が臨時議会を招集し、その場で正式に工場誘致を受け入れると表明したのだ。それに伴い十二人居る町会議員のうち、町長派の八人が町長の意見に賛成すると明言した。このままでは、九月に開かれる議会で工場誘致が決定してしまう。そのことをコムラードで寺っちさんに聞いた私は決心する。遠藤のおじ様を頼ろうと……。

來さんと一緒に居るという願いが叶わないのなら、彼が大切に思っている美しい景色と海を守り抜いてここを去りたい。そうすれば、海を見る度、來さんが私のことを思い出してくれるかもしれないから。

バイトを終えおばあちゃまの家に帰ると、すぐさま二階に上がり、師匠の部屋であるものを探す。

「あ、あった」

私が手にしたのは、スマホの充電器。

スマホの電源は切っていたけど、一ヶ月も経てば充電は切れているはず。師匠が使っているスマホは私と同じ機種だったから、きっとこれで充電できる。師匠はコムラードの前の海でサーフィンをしていた。今のうちに……。

自分の部屋に充電器を持ち込み、鞄の中からスマホを取り出した。

「ああ……良かった。充電できてる」

ある程度充電されると震える指で〝遠藤光雄〟の名をタップする。

忙しい人だから出てくれないかもと思ったが、数回の呼び出し音の後、おじ様のしゃがれた声が聞こえた。

挨拶もそこそこに、この町の現状を伝えて工場誘致を中止できないかと問う。

『ああ……それは、地域活性プロジェクトだねぇ。国が補助金を出しているが、どう使うかは県に一任されている』

「では、県や町が決めたことは覆らないということですか？」

『まあ、基本はそうだね。しかし税金を使う以上、なんでもいいというわけにはいかない。名目上どういう事業に補助金を使うか、その内容を国が精査することになっていたはずだ。そこで国が認めなければ、当然補助金は出ない』

希望の光が見えたと思った。しかし遠藤のおじ様は、自分はそのプロジェクトに関わっていないと言う。

「では、おじ様の力でも工場誘致は阻止できない……ということですか？」

消え入りそうな声で尋ねると『そうでもないよ』という答えが返ってきた。

『莉羅ちゃん次第だ』

「えっ……私？」

『君が自宅に戻り、私の息子との結婚を承諾してくれたら、その工場誘致を中止するよう担当省庁に働きかけもいい』

遠藤のおじ様は知っていた。私がおじ様の息子と結婚するのがイヤで家出したことを……。

『数日前に吉澤君に会ったんだが、酷くやつれていたよ』

「父様が……」

『目も虚ろで元気がなかった。きっと莉羅ちゃんのことを心配しているんだろう。早く家に帰って吉澤君を安心させてあげなさい』

遠藤のおじ様は私の痛いところを絶妙に突いてくる。そして改めて問うてきた。

『息子との結婚……前向きに考えてくれるよね？』

もちろん迷いはあった。でも、それでこの海が守れるなら……今は計画を白紙にする方が先だ。

「……分かりました。工場誘致が中止になったら、前向きに考えます」

おじ様に詳しい住所を伝え電話を切ると安堵の息が漏れた。自分が決めたことだ。後悔はない。だけど、もう引き返せないのだと思うと涙が止まらなかった。


辛いことばかり続いていたが、その日の夕方、待ちに待った朗報が届く。

夕食の支度を手伝おうと一階に下りていくと、キッチンから師匠の嬉しそうな叫び声が聞こえてきた。

「姉ちゃん、今、來先生から電話があって、母ちゃんが退院できるって」

「えっ、そうなの？」

今日は木曜日。來さんは午後から医師会の会合があり、師匠のお母さんが入院している病院に行っていた。空いた時間にお母さんの主治医を訪ねて様子を聞いたところ、経過は良好。合併症の症状も落ち着いていると言われたそうで、話し合いの結果、土曜日の午後に退院できることになったらしい。

「やっと帰って来るんだねぇ。ホッとしたよ」

おばあちゃまも嬉しそう。でも、土曜日……か。

「退院の日は師匠も病院に迎えに行くの？」

「うん、來先生と車で迎えに行ってくる。寺っちの兄ちゃんもその日は午後からコムラードを休みにして一緒に行くってさ」

そっか、來さんと寺っちさんが……良かったね。師匠。お母さんが帰って来たらもう寂しくないね。

久しぶりに笑顔が絶えない楽しい食卓だった。

ここに來さんが居てくれて、一緒に笑えたらどんなにいいだろうと思うと泣けてきて、慌てて使った食器を持って席を立つ。その食器を洗い終えると精一杯笑顔を作り、盛り上がっているおばあちゃまと師匠に「散歩してくる」と声をかけて外に出た。

日暮れ間近の空はとても幻想的で、海まで茜色に染まっている。その美しい景色に見惚れていると、背後から足音が近づいてきた。

「あ……來さん、お帰りなさい。師匠のお母さんの退院が決まったそうですね」

なるべくいつも通りを心がけて声をかけるも、來さんから返ってきた言葉は素っ気ない一言だった。

「ああ……」

彼は私から少し距離を取って立ち止まり、海の方に視線を向ける。私達の会話はここで一旦途切れ、居心地の悪い沈黙が続いた。そして数秒後……。

「この前は大人げなかった……怒鳴って悪かったな」

來さんが突然謝ってきたのだ。

ああ……良かった。來さんの機嫌が直った。

安堵した私は來さんが怒った理由を聞こうとしたのだが、それより先に彼が口を開く。

「なぁ、お前、婚約者が居るんだってな」

「えっ……」

どうして來さんがそのことを……。

驚きと動揺で視線が泳ぐ。

「で、お前は金持ちのお嬢様……結婚がイヤになって家出をしてきた。そうだろ？」

來さんの声は冷静そのもの。それが余計に私の精神を乱し、平常心を失わせた。

「莉羅が何も言わなかったことを責めているんじゃない。ただ……お前の婚約者に申し訳ないことをした」

來さんは誤解している。本当のことを言わなくちゃ……。

「そ、それは、違うの……」

しかし彼は私の言葉を遮り、一番聞きたくない言葉を口にする。

「莉羅にも悪いことをした。すまない……お前を抱いたこと、後悔してるよ」

その一言を聞いた瞬間、雷に打たれたような衝撃が走り、体が大きくよろけた。

「俺とお前は住む世界が違う……莉羅は東京に帰った方がいい」

來さんとはもう一緒に居られないと思っていたけど、彼の口から直接別れを告げられると辛くて、悲くて……未練が涙となって零れ落ちる。ただ救いだったのは、夜の帳が下り、來さんに泣き顔を見られずに済んだこと。

小さくなる彼の姿を見つめ、自分に言い聞かせるように呟く。

「私の恋は、終わったんだ……」

暫く夜の海を眺めながら涙が乾くのを待ち、覚悟を決めておばあちゃまの部屋に向かった。東京の自宅に帰ると伝える為だ。

私の話を聞いたおばあちゃまはとても寂しそうな顔をして項垂れている。

「ごめんね、おばあちゃま。今まで本当に有難う」

「それで、いつ帰るんだい？」

「明後日……土曜日に帰ろうと思って……」

海を見ながら考えていたの。皆にさよなら言うのは辛いから、師匠達が病院にお母さんを迎えに行っている間にここを出ようと……。

「黙って行くのかい？」

「うん、それまでは、私が帰ること誰にも言わないで。お願い」

最後の日まで普段通りがいいから。コムラードでバイトをして、大好きな海を眺めながら穏やかに過ごしたい。

おばあちゃまの小さな体をギュッと抱き締め何度も詫びた。そして今から父様に電話すると告げると、おばあちゃまが意外なことを言う。

「あの人は、莉羅がここに居るって知ってるよ」

「……嘘」

「莉羅がここに来てすぐ、私が電話したんだ。でないと行方知れずの莉羅を心配して捜索願を出すかもしれないだろ？　そんなことになったら厄介だ」

そしておばあちゃまは私が家出した理由を伝え、自分の意思で帰ると言うまでここで預かると父様を説き伏せたのだと。

「澄香を死なせたあんたに莉羅を任せられないって言ったら、黙っちまったよ」

「そうだったの……」

父様は全て知っていた。カードの使用を控えたり、スマホの電源を切ったりする必要はなかったんだ。

苦笑しつつ再びおばあちゃまをハグすると、敷いてあった布団に潜り込む。

「今日はここでおばあちゃまと寝るから。ダメだって言っても出て行かないからね」

おばあちゃまの温もりも忘れたくないから……。

翌日の朝、自室に戻った私は父様に電話をし、明日、帰ると伝えた。父様は『うん』ととても小さな声で呟いただけで、私を責めるようなことは一言も言わなかった。

『迎えに行くよ。何時がいい？』

「あ、電車で帰るから……」

『いや、そういうわけにはいかない。お義母さんにも世話になったからね。しかし私が行くとお義母さんが不機嫌になるから、琴美《ことみ》君に行ってもらうよ。彼女に言われていたんだ。莉羅が帰ると言ってきたら自分が迎えに行くから教えてほしいと……。明日は公休のようだし、ちょうどいい』

父様が言う琴美さんとは、聖明会の理事で本院の院長をしている本田《ほんだ》琴美先生だ。琴美先生は亡くなった母様の親友だった。そして母様が亡くなった後、私を励まし支えてくれた恩人。

「琴美先生が？」

『ああ、琴美君は莉羅のことが心配なんだよ。それに、彼女ならお義母さんも歓迎してくれるだろう』

琴美先生がそう言ってくれているのなら断れない。

「そうだね……おばあちゃまも琴美先生に会えたら喜ぶと思う。じゃあ、午後二時頃にお願いします」

これでいい……後はギリギリまでいつも通り過ごそう。

午前中はコムラードでバイトをして、午後からは師匠とふたり、最後の波に乗った。

この潮風も焦げつくような暑い日差しも、砕ける波の音も忘れない。この景色は私の一生の宝物。

それから思う存分波に乗り、もう思い残すことはないと納得して浜に上がる。すると師匠が近づいて来てペットボトルのスポーツ飲料を差し出してきた。

「なんか今日の姉ちゃん、めっちゃかっこよかったぞ」

「そう？　有難う」

笑顔でスポーツ飲料を口に含むと、師匠が真顔で私に話があると呟いた。

「姉ちゃん、母ちゃんが帰って来る前に確かめておきたいことがある」

「私に？　何？」

「姉ちゃんは、來先生のことが好きなのか？」

いきなり直球が飛んできた。なんて答えるべきか悩んだが、もう來さんとは終わっている。

「まさか……そんなわけないでしょ」

微苦笑しながら首を振った。

「ホントか？」

「……うん」

「そうか、ならいい。來先生のこと、好きになっちゃダメだぞ」

今更その理由を聞いたところでどうしようもないが、師匠の真剣な顔が妙に気になり、つい聞いてしまった。

「なぜ來さんを好きになっちゃいけないの？」

「來先生と結婚するは、俺の母ちゃんだからだ」

まさかの答えに体がフリーズして目が点になる。

「あ、えっと……それ、どういうこと？」

「このことは誰にも言ってないけど、弟子の姉ちゃんにだけには教えといてやる。絶対に秘密だぞ」

そして師匠は衝撃発言で私を愕然とさせた。

「俺の父ちゃんは、來先生なんだ」

「うっ……そ……」

「嘘じゃない。母ちゃんに父ちゃんのこと聞いてもはぐらかされて教えてくれないけど、俺、知ってるんだ。母ちゃんの財布の中に大事に仕舞ってある写真のこと」

その写真は、赤ちゃんの頃の師匠を抱くお母さんと來さんが写っているのだと。

「母ちゃんは夜中にひとりで晩酌しながらその写真を見て泣いていたんだ。それも一度や二度じゃない。きっと大人の事情ってやつで結婚できないんだよ。でも、いつかは……だから來先生を好きになっても姉ちゃんが辛い思いをするだけだ」

師匠の勘違いなのではと思ったが、そう言われると思い当たることがある。來さんは師匠のことを凄く可愛がっているし、自分に似ていると言っていた。そして時々、我が子を見るような優しい目で師匠を眺めている。

「まさか……」

蒼白になり、手からペットボトルが滑り落ちた。

「半年くらい前だったかなぁ……そんな母ちゃんを見てられなくて、勇気を出して來先生に俺の父ちゃんになってくれって言ったんだ。そしたら來先生が『俺は凪が生まれた時から父親だと思ってるぞ』って……あの言葉で確信したよ。俺の父ちゃんは來先生だって」

そんなことって……あぁ……私はなんてことを……。

來さんが結婚相手の居る私を抱いて後悔していたように、私もまた大切な人が居る彼に抱かれたことを激しく後悔していた。

來さんと結ばれるべき女性《ひと》は私じゃなかったんだ。師匠に申し訳ない。そして師匠のお母さんにも……悔やんでも悔やみきれない。もう少し早くこのことを知っていたら……ああ、ごめんなさい……ごめんなさい。

動揺を必死に隠し、笑顔の師匠に心の中で何度も詫びるも、ふと頭を掠めた疑問。

——大切なふたりが居るのに、どうして來さんは私を抱いたの？

後ろめたさと後悔、そして疑念が胸を締めつけ、その日の夕食は少し箸をつけただけで殆ど残してしまった。

「莉羅、もういいのかい？　全然食べてないじゃないか」

「うん、せっかく作ってくれたのに、ごめんなさい。ちょっと気分が悪くて……」

これが皆と食べる最後の夕食なのに、來さんと師匠の顔を見ていると辛くて、大好物のキスフライが喉を通らなかった。

キッチンを出ると堪えていた涙が溢れ、その涙を拭いながら階段を駆け上がる。すると階段を上がりきったところで突然名前を呼ばれた。反射的に振り返ると、そこには來さんが……。

「どうした？　泣くほど辛いのか？」

近づいて来た彼が少し驚いたように目を見開き、私の額に手を当てる。その瞬間心の中が罪悪感で一杯になり、咄嗟に彼の手を払い除けていた。

「イヤっ！　触らないで！」

私を見つめる來さんの瞳の奥が一瞬、微かに揺れる。

「あ……」

心配してくれている來さんに酷いことを言ってしまった。

焦って謝ろうとしたのだが、敢えて謝罪の言葉を呑み込む。來さんへの想いを断ち切らなくてはと思ったから。

これでいい。これでいいんだ……。

彼から目を逸らし、逃げるように自室に駆け込むと畳に突っ伏して狂ったように泣いた。泣いて、泣いて、來さんとの思い出が残る布団を抱き締め、朝まで泣き続けた。

そんな状況だったから瞼が腫れ上がって悲惨な状態。部屋から出ることができず、初めてバイトを休んだ。

お世話になった寺っちさんにお礼を言いたかったけど、こんな顔は見せられない。

心配して部屋に来てくれたおばあちゃまとお昼まで一緒に過ごし、來さん達が師匠のお母さんを迎えに行った後、荷物を持って部屋を出た。

「もう会えないんだから、見送りくらいしてあげればいいのに」

おばあちゃまにそう言われたけれど、冷静で居られる自信がなかったから二階の窓からそっと見送った。

そして約束の午後二時。見覚えのある黒塗りの車がおばあちゃまの家に横づけされ、後部座席から降りてきたのは、グレーのパンツスーツを着た凛とした女性。アッシュブラウンの巻き髪を揺らし、柔らかい笑顔でおばあちゃまに会釈する。

「おばさん、お久しぶりです」

「琴美ちゃん、相変わらず綺麗だねぇ。会えて嬉しいよ」

ふたりは手を取り合って再会を喜んでいたが、すぐに揃って私に視線を向けた。

「莉羅ちゃん、迎えに来たよ」

慈愛に満ちた優しい笑顔に向かって頷くと、おばあちゃまが私の背中を押す。

「莉羅、またいつでも遊びにおいで。待ってるから……」

涙声のおばあちゃまにきつく抱き締められ涙が止まらない。私もおばあちゃまを抱き締め、また来ると言ったけれど、その約束を守れるかは分からない。

ごめんね……おばあちゃま。

走り出した車は來さんの診療所の前を通り過ぎ、徐々にスピードを上げていく。すると隣に座っている琴美先生が私の頭をこつんと叩き、どうして自分に何も言わず家出をしたのだと唇を尖らせた。

「だって、琴美先生に言ったら、父様に話しちゃうでしょ？　琴美先生は父様の味方だから」

「あら、私ってそんなに信用なかったの？　……でも、そうかもね」

苦笑した琴美先生が私の頬を撫でる。

「すっかり日焼けして……見違えたよ。莉羅ちゃん」

「サーフィンとか、してたから……」

「えっ？　莉羅ちゃんがサーフィン？　ちょっと想像できないんだけど……でも、いい経験ができたみたいね」

「うん……私、この町に来て人生観が百八十度変わったような気がする。平凡だけど、刺激的な日々だった」

私は窓を開けて潮の香りを胸いっぱい吸い込むと、見慣れた景色に別れを告げた。さようなら。それと……有難う。

瞼を閉じれば、ここで出会った人達の笑顔が浮かび、東京に居たら絶対に味わうことのない数々の感動が蘇ってくる。

辛いことも沢山あったけど、私はこの町が好き。この町の海が好き。そして師匠や師匠のお母さんには本当に申し訳ないけど、愛することを教えてくれた來さんが今でも大好き。來さん、どうかお元気で……最高の夏を有難う。

東京の自宅に戻って一ヶ月が過ぎた。

時が経てば全て思い出に変わると思っていたけれど、そんな簡単なものではなかったようで、日を追うごとに喪失感が大きくなり、深い悲哀に心が押し潰されそうになる。

今日も見られなかったな……。

おばあちゃまの家に行くまでは、三日に一度は見ていたあの夢……來さんの夢。おばあちゃまの家に向かう途中のバスの中で見たのが最後で、あれ以来、一度も見ていない。

自宅に帰ると決めたのは自分なのに、せめて夢で会えたら……だなんて、未だに未練がましくそんなことばかり考えている。

來さんはもう私のことなんて忘れているかもしれないのに……。

最近、ふと思うのだ。私は本当に來さんに愛されていたのだろうかと。

來さんにしてみれば、私みたいな世間知らずの何もできない女は今まで会ったことのない珍しい存在だったはず。だから興味を持った。本気ではなく一時の気の迷い。だって、美弥さんとの間には、子供が……師匠が居るんだもの。そういう事情だったから、私と付き合っていることを師匠に知られたくなかったのかもしれない。

どうかお願い。今夜だけでいい。夢に出てきて……。

しかし私の切なる願いは叶わなかった。

もうあの夢を見ることはないのかも……。

私は神楽坂《かぐらざか》の料亭に向かう車の中で西陣織の帯を撫でながら諦め気味に息を吐く。

胸が苦しいのは、きつく締められた帯のせいだけではない。

私が着ている金駒刺繍が施された扇面柄の振袖は、母様が父様と結納をした時に着ていたもの。

二十数年前、おばあちゃまの反対を押し切り、この振袖に袖を通した母様はきっと幸せだったのだろう。でも、私は……。

車を降りて父様の後に続いて格子戸をくぐると手入れが行き届いた日本庭園が広がり、微かに鹿威しの甲高い音が聞こえてくる。

「吉澤様、本日はおめでとうございます」

玄関でにこやかに迎えてくれた女将に案内され和室に入るも、部屋に居たのは遠藤のおじ様ひとり。剣也さんの姿はない。

「すまない。息子は直接ここに来ることになっているんだが……まだ来てなくてねぇ。

まぁ、そのうち来るだろう」

おじ様は女将が出してくれた桜茶をすすりながら余裕の笑みを浮かべる。

「それにしても莉羅ちゃん、その着物よく似合っているよ。とても綺麗だ。きっと息子も驚くよ」

おじ様がテンション高く何か言う度、私の気持ちは沈んでいく。そして待つこと数分。慶事を祝う松竹梅高砂の掛け軸を眺めため息をついた時、後ろの障子が静かに開いた。

「失礼致します。お連れ様がお見えになりました」

女将の声の後、詫びる男性の声が聞こえる。

「遅くなり、申し訳ありません」

目の前のおじ様が安堵の表情で剣也さんを手招きしているけれど、私は妙な違和感を覚え、首を捻った。

剣也さんって、こんな声だったっけ？

でも、このような畏まった場で振り返って相手の顔を見るのは端ない行為のような気がして、視線を落としたまま彼が席につくのを待つ。

「莉羅ちゃん、初めて会うわけじゃないんだから、もっと気楽に。さぁ、顔を上げて」

遠藤のおじ様に促され精一杯の笑顔を作って顔を上げたのだが、対面に座った彼の顔を見た瞬間、絶句して自分の目を疑った。

「……久しぶりだな」

聞き覚えのある低く通る声――思わず手で口を覆い、首を左右に大きく振る。

嘘だ……そんなの、あり得ない。

が、ふと、これは夢なのではと思う。私があまりにもしつこく願うから、神様が根負けして最後にこんな突拍子もない夢を見せてくれたのかもと……だって、私の前に居るのは、もう二度と会うことはないと思っていた愛しい人だったから。

「莉羅ちゃん、改めて紹介するよ。息子の來だ。事情があってずっと離れて暮らしていたが、私の長男だ」

そうだ。これは夢なんかじゃない。

現実逃避していた私は、おじ様の言葉で正気を取り戻す。

「來さんが……遠藤のおじ様の長男？　じゃあ、來さんは剣也さんのお兄さん？」

嘘……でしょ？

初めて見る來さんのスーツ姿はため息が出るくらい凛々しくて、ゾクリとするような男の色気を醸し出していた。

「しかしこんな偶然があるとは驚きだ。莉羅ちゃんが地域活性プロジェクトを中止してほしいと言ってきた時、町名を聞いて鳥肌が立ったよ。まさか澄香さんの実家が來の診療所の隣だったとはねぇ～。しかも一緒に住んでいたというじゃないか。そのことを知って確信したよ。これは運命だと」

ああ……そんなことって……。

おじ様が私の結婚相手として父様に勧めていた〝私の上の息子〟とは、剣也さんではなく、來さんだったのだ。

◇　◇　◇

絢爛な振袖姿の莉羅が大きな瞳を更にまん丸くて俺を凝視している。

日本最大の医療法人、聖明会の理事長の娘――これが本来の莉羅の姿なのか……。

綺麗に結い上げられた絹糸のような艶やかな髪。その前髪から覗くのは、澄みきった清らかな瞳。そしてぷっくりとした愛らしい唇。

不覚にもその美しさに目を奪われ胸が高鳴った。

やっと会えたな。莉羅。……しかしこれは、どういうことだ？

俺は呆然としている莉羅から隣に座る遠藤光雄に視線を移す。

「ところで、どうしてあなたがここに居るんですか？」

俺が希望していたのは、まず、莉羅と父である吉澤先生と三人で会うこと。そこでふたりに自分の気持ちを伝え、今後のことを相談したかったのだ。遠藤光雄には一席設けてほしいと頼んだが、同席してくれとは言っていない。

その事実を知った吉澤先生が戸惑いの表情を見せる。

「そうなのかね？　私は遠藤先輩から結納を兼ねた両家の正式な顔合わせだと聞いていたんだが……」

全員が遠藤に注目するも彼は開き直り、笑って誤魔化そうとした。

「もう結婚は決まったんだからいいじゃないか」

「いいえ、そういうわけにはいきません。私は、聖明会の理事長で医師会の会長をしている吉澤先生のことは当然存じ上げております。しかし吉澤先生は、遠藤光雄の息子というだけで、地方の診療所で医師をしている私のことは何もご存じないはず。大切な娘さんと結婚する男がどんな人物か、お確かめにならなくてもよろしいのですか？」

俺の真剣な問いかけに吉澤先生が笑顔で答える。

「來君、その必要はないよ。莉羅がこの縁談を受けると言った時、私はすぐに君のことを調べさせた。君が書いた論文も読ませてもらったよ。そして判断したんだ。君に娘と聖明会を託そうと……決して、遠藤先輩の息子だからという理由で結婚を承諾したわけではない」

ということは、あのことも承知の上で？

「私の全てを調べた……ということですか？」

「うむ、しかしまだ、この縁談を断る可能性はある」

驚いて声を上げたのは遠藤だった。だが、吉澤先生はその声に動じることなく落着いた口調で言う。

「娘の気持ち次第……莉羅が拒めば、この場で縁談を断るつもりだった」

それは親として当然の思い。しかしその言葉を聞いた莉羅が急に慌て出した。

「父様、ダメ。断らないで……」

「莉羅、構わないから本当のことを言いなさい。莉羅は來君と結婚したいと思っているのかね？」

問われた莉羅の瞳が涙で潤んでいる。俺は静かに瞼を閉じ、彼女の答えを待った。

莉羅、聞かせてくれ。俺はお前の本当の気持ちを聞く為にここに来たんだ。

暫しの静寂の後、迷いのない力強いが聞こえる。

「私は、來さんが好き！　來さんじゃなきゃ……イヤなの」

嬉しいよ。莉羅。お前はまだ俺のことを好きで居てくれたんだな。

ここに来るまで、俺は半信半疑だった。あの海を守ろうと必死になっている莉羅に向かって『お前には関係ないことだ。よそ者が首を突っ込むな』と悪態をついて傷つけてしまったからな。更に東京に帰れと突き放してしまった。嫌われても仕方ない。いや、わざと嫌われるように仕向けていた。莉羅の素性と婚約者が居ることを知ってしまったからだ。裕福な家庭で育ったお前には田舎の診療所の医者より、もっとふさわしい男が居る。全ては莉羅の幸せの為。だからお前が俺に何も言わず、あの町を去った時、全てが終わったと思った。

そして俺は一度、この結婚を断っている。だがそれは本心ではない。その証拠に、辛かった……お前を完全に失ったと思い、死ぬほど辛かった。

俺は愛しい女に微笑みかけると、吉澤先生に莉羅とふたりで話をさせてほしいと頭を下げる。すると莉羅も俺と話がしたいと縋るような目で吉澤先生を見つめた。

「構わないよ。ここは庭が綺麗だ。散策しながらゆっくり話をしてくるといい」

差し出した手に白くほっそりとした指が絡むとそれを強く握り締め、庭に出た。が、美しい庭園を愛でる間もなく、莉羅の困惑した声が聞こえる。

「來さん、どうして遠藤のおじ様のこと、黙っていたんですか？」

「それは、遠藤光雄を父親だと認めていなかったからだ。それは今でも変わらない」

「えっ？　今でも……ですか？」

「そうだ。俺は母親を捨てたあの男を恨んでいる」

木漏れ日が揺れる玉砂利を踏み締め、小さな東屋まで来たところで莉羅と向き合い、紅に染まった柔らかい頬に手を添えた。

「だから莉羅が遠藤光雄の名を口にした時、あり得ないくらい動揺したよ。そしてもうお前とは一緒に居られないと思った」

「あ……だからあんな酷いことを？」

「ああ、でもな、その憎しみより、莉羅への愛情が勝っちまった……」


俺が自分の父親の名を知ったのは、中学二年の時――。

母親が東京の大学病院で看護師をしていた時の同僚が訪ねて来て、家に居た俺は、たまたまふたりの会話を聞いてしまった。母親と元同僚の女性が話していたのは、俺が生まれた時のこと。その時、初めて〝遠藤光雄〟という名を聞いた。

――この人は全てを知っている。そう悟った俺は、同僚の女性が帰ると後を追い、父親のことを教えてほしいと何度も頭を下げた。しかし彼女は自分からは言えないと、ちょうど到着したバスに乗り込んでしまう。

「來さんのお母様は教えてくれなかったのですか？」

「俺の家では、父親の話はタブーになっていたからな。その女性に聞かなかったらもう一生、父親のことは分からない。当時の俺はそう思ったんだ。だから後先考えず、夢中で女性が乗っているバスの前に飛び出した」

「ええっ！　來さん、バスにひかれたんですか？」

「バカ、ひかれてたらここには居ない。鼻先数センチのところでバスが止まって、驚いた女性がバスから降りてきたんだ」

俺の決死の思いが通じたのか、女性は『私に聞いたってことは、絶対に言わないで』と念を押し、話し出す。

母親と遠藤の出会いは、母親が勤めている病院だった。足を骨折した遠藤が入院し、担当していた母親に好意を持ったのが始まり。優しくて包容力のある人だと思った母親は本気であの男に惚れ、結婚も意識していたが、妊娠したと分かると遠藤の態度が一変する。

「遠藤には既に婚約者が居たんだよ」

「まさか……そんな……酷い」

「俺の母親もその事実を知って、そう思ったはずだ」

父親の地盤を継いで選挙に出ることになった遠藤は、後援会の会長が勧める地元の有力者の娘との結婚が決まっていたのだ。遠藤にとって母親は単なる遊び相手。その遊び相手の妊娠が有力者の耳に入れば大変なことになる。初めて国政選挙に出る遠藤には、地元の有力者の協力は必要不可欠。焦った遠藤は母親に堕胎を迫った。しかも遠藤が母親に紹介した医者は得体のしれない闇医者だった。

中絶したことが世間にバレないよう秘密裏に処置したかったんだろう。

「恐ろしくなった母親は実家に逃げ帰り、俺を産んだ。俺は一度、遠藤に殺されかけたんだ。そんな男を父と呼べるわけないだろ？」

「あのおじ様がそんなことを……信じられない」

「俺もこの話を聞いた時、信じられなかったよ。そして聞かなければ良かったと後悔した。そんな男がいきなり訪ねて来て、結婚相手が決まったから東京に来いと。ふざけるなって殴ってやりたい気分だった。でもな、その相手が吉澤莉羅だと聞いた瞬間、愕然として握り締めた拳の力が抜けていった……」

「ああ……來さん、ごめんなさい。私のせいで辛い思いをさせてしまって……本当に、ごめんなさい」

抱きついてきた莉羅が泣きながら何度も詫びている。

バカなヤツ。お前が謝ることなど何もないのに。寧ろ謝らなければならないのは、俺の方。莉羅を失う辛さを想像できなかった俺が悪かったんだ。

今思えば、香苗さんの家の風呂場で莉羅と目が合った時から、俺はお前のことが好きだったのかもしれない。

お前に淫乱女と言ったのは照れ隠し。そりゃそうだろ。吸い込まれそうな綺麗な瞳で股間をガン見されたんだ。そのくらい言わないと自分の理性が保てなかった。

そして自分の部屋で寝るよう誘ったのも熱中症が心配だったからじゃない。単純にお前の隣で寝たかったからだ。ただ、翌朝の浴衣がはだけた姿は無防備過ぎて心がざわついたよ。

とにかくお前は予測不可能な女で、突然階段から落ちてくるわ、ファストファッションの店で値札を見る度、でっかい雄叫びを上げるわで、かなり呆れたが、それ以上に興味をそそられた。だから、お前を東京に帰したくなかった。無理やりコムラードでバイトさせたのもその為。そんな時、お前に言われた一言が胸に響いた。

『來さんは……寂しくないのですか？』

誰も頼らず生きていくのは寂しくないのかと……。

寂しい？　そんなこと考えたこともなかった。だから何も答えられず『今日は新月だから星がよく見える。綺麗だぞ』と話を逸したが、星空を眺め微笑む莉羅の無邪気な横顔を見ていてふと思ったんだ。お前と過ごすこの何気ない時間が失われたら寂しいかもしれないなと。

「俺には満天の星の輝きより、莉羅の瞳の方が眩しかった」

「ああ……來さん」

零れ落ちる莉羅の涙を親指で拭うと、潤んだ瞳があの夜のようにキラキラと輝く。

「でもその時はまだ、年の離れた莉羅を自分のものにしようとは思っていなかった。その気持ちが変わったのは、あの時……」

夢に出てくる首の後ろに三つのホクロがある男に恋をしていると凪から聞いて心底驚いた。

それは、間違いなく俺だ……。

気づいていながらすぐに自分だと言わなかったのは、お前が夜中にこっそり俺の首の後ろの髪に触れ『ああ……ない』と切なそうに呟いていたのを知っていたから。

その時はなんのことを言っているのか分からなかったが、あれはホクロがあるか確認していたんだな。莉羅の気持ちに気づいてからは、常にお前のことが頭にあった。少しでも長く莉羅と一緒に居たい……そう思う自分に正直、戸惑ったよ。

今まで数人の女と付き合ってきたが、どの女も決まって嫉妬と束縛で俺を雁字搦めにする。〝女は面倒くさい生き物〟という印象しかなかった。なのにだ。莉羅とは一緒に居たい。凪に弁当を作らせてコムラードで昼飯を食うようになったのも、そんな思いから。

俺は東屋の木製の椅子に莉羅を座らせ、華奢な肩に手を置いた。

「なぜだろうな……お前の笑顔を見ていると凄く幸せな気分になるんだ」

サーフィンもバイトも、何をするもの一生懸命。そんな莉羅が愛おしくて堪らなかった。このままお前を傍に置いておきたい……そんな想いで莉羅を抱いたが、遠藤光雄の名前を聞き、俺の心は乱れた。

「実はな、莉羅の部屋を出た後、俺は一階の香苗さんの部屋に行って、お前の素性を聞いたんだ」

「えっ！　そうだったの？」

莉羅は香苗さんに何も聞いていなかったようで、呆然と俺を見つめる。

香苗さんは莉羅に口止めされているって言ってたからな。バラしたことを言えなかったんだろう。しかし今思い出してもあの言葉は衝撃的だった。

『莉羅はね、婚約者が居るんだよ。でも、結婚するのがイヤで家出してきたんだ』

『莉羅に……婚約者が？』

『あの娘の父親は、それはそれは大層な金持ちでね、ああ見えて莉羅はいいとこのお嬢様なんだよ。婚約者はどんな人か知らないけど、あの父親が勧めるんだから、さぞかし立派な人なんだろうねぇ』

なるほど、そういうことか……だから国会議員の遠藤光雄とも交流があったのか。怒りと苦しみと切なさ——様々な負の感情が莉羅を想う気持ちを圧し潰そうとしている。そして決定的だったのが、翌日、診療所でのこと。

神経痛が酷くなったと来院した近所の五十代の女性が明日、姉の娘の結婚式だと嬉しそうに語るも急に表情が曇り、ここまでの道のりは大変だったのだとため息交じりに零す。

その姪は建設会社の社長の息子に見初められて結婚が決まったのだが、突然結婚はしないと言い出し、偶然居酒屋で会った男と逃げてしまって大騒ぎになったのだと。しかし一週間後にひょっこり戻ってきて、やっぱり婚約者と結婚すると言ったそうだ。

『あ～それ、マリッジブルーってやつね』

看護師はよくあることだと笑っていた。

よくあること？　なら、莉羅もそうなのか？

そもそも金持ちのお嬢様の莉羅と俺とでは住む世界が違う。莉羅の幸せを願うのなら、婚約者の元に帰してやるべきなのでは……。

そう思った俺は決心する。莉羅が俺に気持ちを残さぬよう敢えて〝後悔〟という言葉を使い、想いを断ち切った……つもりだったが、香苗さんに莉羅が東京に帰ったと聞いた時、強烈な喪失感で全身の力が抜けた。

そうなることを望んでいたはずなのに、なんだ。この虚しさは……。

どこに居ても何をしていても、そこには莉羅との思い出が残っていて俺を苦しめる。

俺はこんなにも莉羅に惚れていたのか……今更ながらそれを思い知らされた。

「そんな時だった。あの男が来たのは――」

「それって、もしかして……遠藤のおじ様？」

「ああ、遠藤光雄。俺がこの世で一番憎んでいる男だ」

診療所の仕事を終え、香苗さんの家に帰ると、遠藤が玄関先で俺を待っていた。身バレを懸念したのだろう。釣り客の格好をしていたがすぐ分かった。

初めて間近で見る実の父親――しかしなんの感動もない。あるのは憎しみのみ。

遠藤は神妙な顔で母親のことは忘れたことがない。自分が本当に愛していたのは母親だと言っていたが、葬式にも来なかったヤツが何を言っても説得力に欠ける。更に俺に縁談があるので一緒に上京しろと。

こいつの頭の中はどうなっているんだ?

怒りで震える手を強く握り締め、遠藤を睨みつけた。

『今まで父親らしいことは何もせず、俺の存在を消して生きてきたあんたの言うことを俺が素直に聞くとでも? もし本気でそう思っているなら、あんたは今すぐ国会議員を辞めた方がいい。人の気持ちも分からない人間にこの国を任せられないからな』

『なかなか手厳しいことを言ってくれる。でもな、だからこそなんだよ。今まで何もできなかった分、せめて來が幸せになる結婚相手を見つけてやりたい。そう思ったから私は……』

『黙れ! それをありがた迷惑って言うんだ。なんであんたに結婚相手を決められなきゃいけないんだ。ふざけたこと言ってんじゃねぇぞ!』

一緒に居た香苗さんに『塩をまいといてくれ』と頼み玄関に入ったのだが、遠藤が思いもよらぬ名を口にした。

『來の結婚相手は、聖明会の理事長のひとり娘。吉澤莉羅という女性だ。知っているだろ？』

莉羅が……聖明会の理事長の娘？

足が止まったのと同時に呼吸も止まる。そんな俺の横で、今まで黙って事の成り行きを静観していた香苗さんが大声を上げた。

『莉羅と來が、結婚ですって？』

ああ……そうか、吉澤……医師会の会長の名前は吉澤達志先生だ。それほど珍しい苗字ではなかったから気づかなかった。香苗さんから莉羅のことを聞いた時、金持ちの娘だと言われ、大企業の社長か重役の娘なんだろうと勝手に思い込んでいたんだ。

だが、この男は何を言っている？　莉羅には既に婚約者が……。

『この縁談を聖明会の理事長に持ちかけた時、莉羅ちゃんは受けたくないと家出してしまってね。危うく頓挫しかけたがようやくいい返事が貰えた。どうだね？　悪い話ではないだろう？』

つまり、莉羅の婚約者は初めから俺だったということか。

全身の血が逆流するような衝撃――驚愕の事実に呆然と立ち竦む。

『工場誘致が白紙になったのも、莉羅ちゃんから來がそれを望んでいると聞いて、私がその方向に持っていったからだ。彼女が來の気持ちを教えてくれなかったら、今頃、この辺りは立ち退きの話が出ていたはずだよ』

突然工場誘致の計画が消えたのは、そういうことだったのか……。

『莉羅ちゃんに直接会って礼を言った方がいいんじゃないのか？』

今の俺にとってこれ以上の吉報はない。愛する女をこの手に取り戻すことができるんだ。しかし……どうも解せない。おそらくこの結婚話には何か裏がある。

『あんた、俺を利用しようとしているだろ？』

鎌をかけると案の定、一瞬だったが遠藤の顔が強張り視線が泳いだ。

やはりそうか。この男に父性などあるわけがない。俺の為と言いつつ実際は自分の利益の為。医師会会長の娘と自分の息子が結婚して縁故になれば何かと都合がいいのだろう。でなければ、この男がこんなに一生懸命になるはずがない。

腹の底から怒りが湧き上がってきたのと同時に、この男の思い通りにだけはさせたくないという思いが強くなる。そして俺は……自ら幸せを放棄した。

『その縁談は断る。二度と俺の前に現れるな！』

それからは地獄の日々だった。事情はどうであれ、俺は再び大切な女を失ってしまったのだ。

「俺の返事は莉羅の耳にも入っているはず。莉羅は俺が縁談を断ったと知り、どう思っただろう……そんなことを考えると居たたまれなくてな、一気に酒の量が増えた」

自虐的な笑みを浮かべると莉羅が眉間にシワを寄せ、激しく首を振る。

「知らない……來さんがこの結婚を断っていたなんて……聞いてない」

「知らなかったのか……？」

「遠藤のおじ様はそんなこと、一言も言ってなかったもの」

莉羅の言葉に安堵し、全身の力が抜けた。

そうか……俺は莉羅を傷つけていなかったんだな。良かった。本当に良かった。

「でも、一度結婚を断ったのに、どうして……」

「それは……暫くして、ちょっと頼りない救世主が現れてな……」

その救世主とは、俺がアメリカに行く前に勤めていた病院で共に働いていた後輩医師の北村《きたむら》。北村は俺の顔を見るなり、診療所で雇ってくれと言う。

詳しく話を聞くと、長年の夢を叶える為、勤めていた病院を辞めたのだと。

『そういや、お前、へき地医療に興味があるって言ってたな』

『はい、過疎地での医師不足は深刻です。それをなんとかしたいと思って僕は医者になったんです。お願いします。この診療所で勉強させてください』

『急にそう言われてもなぁ〜』

　勤務医の頃と同じような給料は出せないからと断ったが、北村の決意は固く、報酬は気持ちだけでいい。マンションを引き払ってここに来たのでもう帰るところがないと必死に食い下がる。そこまで言われたら追い返すわけにもいかず、渋々承諾した。

で、取りあえず、住む場所として診療所の裏にある俺の実家を提供したのだが……。

『おい、なんでお前がここで飯食ってんだよ？』

自炊ができないという理由で北村が香苗さんの家に転がり込んできたのだ。

『だって、近くに食事する店ないし、コンビニは歩いて一時間もかかるんですよ』

診療所の前を掃除している時、その愚痴をたまたま通りかかった香苗さんに零したところ、それならウチ来ればいいと言われたそうだ。

『凪も美弥が退院して家に帰っちゃったし、ご飯は大勢で食べる方が楽しいからね』

そうだな。莉羅と凪……四人で食べていた頃は楽しかった。

空席になった隣の椅子を横目で眺め、莉羅が好きだったキスフライを頬張る。

もうお前の笑顔を見ながら飯を食うことはないんだろうな……。

そして四日後の日曜日、昨夜も深酒をした俺は二日酔いでなかなか布団から出ることができず、昼前にようやく一階に下りてキッチンのドアを開けた。

『ったく、だらしないねぇ〜。どうせ昨夜も遅くまで飲んでたんだろ？』

香苗さんは文句を言いながらも自家製の梅干しが入った熱いお茶を俺の前に置く。

『有難う……これが二日酔いに一番効くんだ』

箸で梅干しを潰してお茶をすすると強烈な酸味が口の中に広がり、堪らず『くぅ〜』と唸りながらそれを飲み干した。その様子を見ていた香苗さんが大きなため息をつく。

『見ていられないねぇ……來、あんた莉羅のことが好きなんだろ？』

まさか香苗さんが俺の気持ちに気づいていたとは……。

『來が母親を捨てたあの遠藤って男を憎むのは分かる。でもね、それを理由に莉羅との結婚を断ったんなら、悲し過ぎるよ』

香苗さんは今からでも遅くないからと、俺の前に一枚の名刺を滑らせる。

遠藤の名刺……香苗さん、いつの間にこんなもの貰ってたんだ。

『あんたが連絡できないのなら、私が……なんなら莉羅に直接……』

『誤解しないでくれ。俺は莉羅のことはなんとも思ってない。それに、俺が結婚を断ったのはこの町の為だ。俺が居なくなったら診療所を閉めることになる。そんなことになったら皆が困るだろ？』

『何を偉そうに……來が居なくても困りゃしないよ。診療所は他の医者を頼めばいいことだ』

香苗さんは何も分かっちゃいない。

『現実はそんなに甘くない。こんな田舎の診療所に来てくれる医者なんて居ないよ』

まだスッキリしない頭に手を当て苦笑すると、香苗さんが『居るじゃないか』と俺の後ろを指差す。その方向に目をやると、北村がキョトンとした顔で立っていた。

『町の皆が言ってたよ。北村先生は來先生より愛想があって優しいって。診療所は北村先生に任せたらどうだい？』

『なっ、バカにことを……北村なんかに任せられるわけないだろ！』

あり得ない提案に思わず声を荒らげる。すると北村が真顔で近づいて来て、俺の肩に両手を置いた。

『浅野先輩、詳しい事情は分かりませんが、ひとつだけはっきりしていることがあります』

『な、なんだ？』

『それは、僕が優秀な医者だということです。診療所は僕が全力で守りますから先輩は何も心配せず、その莉羅さんという女性と幸せになってください』

『はあ？　お前、何言ってんだ……』

冷ややかな目でそう言ったが、心は揺れていた。そして更に俺の心を揺さぶったのが、その夜、ビールをたんまり持って遊びに来た寺っちの言葉だった。

『なっ……莉羅と麻里奈が賭けをした？』

『ああ、今日、麻里奈の同級生がコムラードに来て、麻里奈と飲みに行った時、酔って自慢げに話していたって教えてくれたんだ。莉羅ちゃんが勝てば、麻里奈が町長を説得して工場誘致を止めさせる。麻里奈が勝てば、來と別れてこの町を去る……』

そういうことだったのか。だから麻里奈は前にも増してここに来るようになったのか。邪魔者の莉羅が居なくなったから……。

『どう考えても無謀過ぎる賭けだよ。それでも莉羅ちゃんは果敢に挑んだ。なぜだか分かるか？』

俺は敢えて何も言わず、空の缶ビールを握り潰した。

『莉羅ちゃんは來の為にこの海を守りたかったんだよ。あの娘は來が波乗りする姿を見るのが好きだったから。でも、お前と莉羅ちゃんが付き合っていたとはな。まぁ、なんとなくそんな気がしていたけど。莉羅ちゃんが来てからの來は人が変わったみたいによく笑ってたし……』

そして寺っちは白い封筒を差し出し、俺の肩を叩く。

『渡しそびれた莉羅ちゃんのバイト代だ。お前から渡してやってくれ』

『何言ってる？　俺はもう莉羅とは……』

『香苗さんに聞いたよ。莉羅ちゃんと結婚の話があるそうじゃないか。なぁ、來、素直になれよ。莉羅ちゃんはお前のことが好きだったから勝てるはずもない賭けをしたんだ。今度はお前が莉羅ちゃんのその想いに応えてやる番じゃないのか？』

そう、俺は莉羅に何もしてやれなかった……。

寺っちが帰った後、窓辺で星を眺めながら莉羅を想う。すると徐々に地平線が朱色に染まり、湿った潮風が俺の髪を揺らした。

聞こえるのは穏やかな潮騒の音と地面を擦るビーチサンダルの足音。そして幼い少女のすすり泣く声……。

俺はその少女をおぶって堤防沿いの道をゆっくり歩いている。少女の右膝は砂に塗れ鮮血が滴り落ちていた。

『痛むか？』

背中に向かって声をかけると、少女は『あっ……』と小さな声を上げ、俺のうなじをそっと撫でた。

ああ……そうか。この少女は莉羅だ。

『莉羅、くすぐったい……』

肩を窄めそう言った直後、莉羅が俺の体を抱き締め耳元で囁く。

『——月日が流れて白髪頭のおばあちゃんになっても、きっと私の気持ちは変わらない。私はずっと來さんを愛し続けるから……』

——ハッとして飛び起きた。

そうか、俺は夢を見ていたんだ。俺達が初めて会った時の夢を……。

そしてようやく気づく。俺も莉羅を忘れることはできないと……お前が居ない人生など考えられない。

スマホを持ち部屋を飛び出すと、階段を駆け下りてキッチンのドアを開けた。ステンレス張りのテーブルの上には、まだあの名刺が置かれている。もう迷いなどなかった。その名刺に印刷されている携帯の番号に電話をかけ、淀みない声で伝える。

『莉羅と吉澤先生に会わせてほしい』

◇　◇　◇

「これが全てだ……」

そう言うと來さんはスーツの内ポケットから白い封筒を取り出し、私に差し出した。

「寺っちから預かった。バイト代だ」

「いえ、受け取れません。何も言わず勝手に辞めてしまったんですから……」

しかし來さんは、頑張って働いたことへの対価なのだから受け取るべきだと封筒を私の手に握らせる。給料明細に書かれていた金額は決して多くはないけれど、初めて自分で稼いだお金だと思うと感慨深い。

「じゃあ、これを……來さんからお借りした一万円。お返しします」

今度は來さんが断ったが、無理やり一万円札をポケットに突っ込んだ。

「律儀なヤツ。覚えていたのか」

また呆れ顔の來さんを見ることができるなんて……夢のよう。

幸せを噛み締め微笑んだ刹那、とても大切なことを忘れていたことに気づく。

「ああ……やっぱりダメです。師匠を悲しませるわけにはいきません」

「凪が悲しむ？」

「だって師匠は……來さんの子供だから。師匠から父親を奪うなんて……そんなこと、私にはできない」

掴みかけた幸せを手放すのは辛い。けれど、師匠のことを思うと自分の気持ちを押し通すことができなかった。

断腸の思いで來さんを見つめ首を振ると、彼が意味ありげに「ふっ……」と笑う。

「それ、凪に聞いたんだろ？」

「ち、違います！」

師匠が私にだけ打ち明けてくれたんだもの。口が裂けても言えない。

そう思ったのだが、來さんは師匠が私にその話をしたことは知っていると涼しい顔をしている。

「結論から言うと、俺は凪の父親じゃない」

「嘘……そんなはずは……」

「本当だ。で、ちなみに、凪はなんて言ってお前を信用させたんだ？」

言うべきか否か、凄く迷った。でも、どうしても本当のことが知りたくて、心の中で師匠に詫びながら聞いたままを正直に話す。

「なるほど、写真な……美弥が写真を見て泣いていたのは、酒を飲んでた時だろ？」

確かに師匠はお母さんが晩酌をしながら写真を見て泣いていたと言っていた。

「美弥は泣き上戸なんだよ。アルコールが入るとすぐに泣き出す」

そして美弥さんが來さんと師匠が写っている写真を大切に財布に入れているのは、師匠が生まれた頃の写真がそれしかないからなのだと。

「美弥は凪をスマホのカメラで撮りまくっていたんだが、海外遠征に出かけた時、スマホを失くしちまってな。画像データを保存してなかったから撮り溜めた凪の写真は全てパア。唯一、残っていたのが、寺っちが撮ったあの写真だったんだ」

美弥さんはお酒を飲むといつもそのことを思い出し、後悔して泣いていたそうだ。

「でも、師匠が來さんに自分の父親になってほしいって頼んだ時、來さんは『俺は凪が生まれた時から父親だと思ってるぞ』って言ったんですよね？　それに、來さんも師匠は自分に似てるって……」

「それは、凪が俺と同じだからだ……美弥は結婚せず凪を産んだ。この先、俺が経験したような辛い思いをするかもしれない。だから凪が生まれた時、決めたんだ。近くに居る俺が父親の代わりをしてやろうと……」

「じゃあ、師匠の本当のお父さんは誰なんですか？」

最大の疑問を口にすると、今まで饒舌に語っていた來さんの声のトーンが下がる。

「凪の父親は、ハワイで日本料理の店を経営している実業家だ。美弥がサーフィンの大会でハワイに行った時に出会って付き合うことになったんだが……」

美弥さんはその彼にプロポーズされ喜ぶも、結婚後はサーフィンを辞めて店の経営を手伝ってほしいと言われて愕然とした。その頃の美弥さんはワールドチャンピオンシップツアーで好成績を収め、これからという時だったから。

「美弥は結婚よりサーフィンを選んだ。でも、彼と別れて日本に帰国した後、妊娠していることに気づいたんだ」

美弥さんは彼に妊娠したことを告げず師匠を産み、その後、国際試合で優秀して見事に復活を果たした。

「そうだったんですか……でも、來さんはなぜ、私が師匠から話を聞いたことを知っていたんですか？」

「今朝、ここに来る前に美弥が会いに来て聞いたんだ。凪が俺を父親だと思っていて、世話になった香苗さんの孫にも話してしまったようだって」

それで來さんは出発が遅れたのだと。

美弥さんはいい機会だったので師匠に真実を話したそうだ。

「師匠、ショックだったでしょうね。可哀そうに……」

「そうでもないみたいだぞ。実の父がハワイの実業家だと知って凪の目の色が変わったらしい。自分はその父親の遺産を相続する権利はあるのかって、美弥にしつこく聞いたそうだ。凪のことを思って今まで実父のことは黙っていたのに拍子抜けしたって美弥が言ってたよ」

「あら……」

でも、そういうところが師匠らしいな。

くすっと笑うと、來さんもニッコリ笑って私の腰に手をまわす。

「隠し子疑惑は晴れただろ？　ここからは俺達の未来の話をしよう」

「私達の……未来？」

「そう、俺と莉羅が共に歩む未来の話だ」

來さんがそう言った時にはもう、私達の唇は重なっていた。

二度と会うことはないと思っていたのに……私の恋は夏の終わりと同時に消えてしまったと諦めていたのに……。

今こうして來さんとキスしていることが信じられなくて、まるで禁断の果実を味わっているような気分だった。

第六章　手に入れた愛と失った愛

一ヶ月後、都内の有名ホテルのチャペルで私と來さんの結婚式が執り行われた。

父様と腕を組み、ドレスと同じ純白のバージンロードを踏み締めながら祭壇の前で待つ愛しい人の元へと歩みを進める。

ベール越しに見るシルバーのタキシード姿の來さんは、まさに私が憧れていた恋愛小説に登場するヒーローそのもの。大波の上をボードで疾走する來さんも素敵だったけれど、正装した彼も凄く魅力的で見惚れてしまう。出会ってまだ三ヶ月。私はまだあなたの全てを知らない。これから一緒に過ごす日々の中で、更に多くの魅力を発見して今よりももっと來さんのことを好きになっていくんだろうな……。

「綺麗だよ。莉羅」

差し出された手に自分の手を重ねた瞬間、彼の妻になるのだと実感し、嬉しくて目頭が熱くなる。

そしてもうひとつ嬉しかったのは、新郎側ではあったが、おばあちゃまが列席してくれたこと。そして久しぶりに再会した師匠が笑顔だったこと。

來さんと並んで立ち、顔を上げると、照明の光を反射して眩く輝く十字架が視界に入った。

この十字架の前で私達を出会わせてくれた神様に感謝し、永遠の愛を誓おう。

――病める時も健やかなる時も、富める時も貧しき時も、悲しみ深き時も喜び満ちた時も、共に過ごし、助け合い、この命ある限り愛を貫く……。

何があってももう來さんと離れたりしない。

「それでは、誓いのキスを……」

静寂の中、牧師様の穏やかな声が響き、來さんの手でベールアップされるとその手が私の肩を置かれた。

心地いい重みと温もり。感極まり涙が零れ落ちる。それと同時に柔らかい唇が触れた。誓いのキスはうっとりするくらい甘くて優しい。

來さんの唇の感触とペアのリングの輝きを私は絶対に忘れないだろう。

來さん、私は幸せだよ。

感動的な結婚式の後、同ホテルの一番大きなバンケットホール、飛翔《ひしょう》の間《ま》で行われた披露宴はとても盛大だった。

三回のお色直しと世界的に有名なピアニストの生演奏。その他にも豪華なゲストが次々に登場して会場は大きな拍手で盛り上がる。でもこれは、私達が望んだものではない。この場は私と來さんの披露宴ではあるけれど、聖明会の後継者を世に披露する場でもあるのだ。

招待客の殆どが父様の仕事関係の人達。医療関係者はもちろん、政界や財界からも多くの方が列席しているので、会場の外では厳重な警備体制が敷かれている。

ただ気になったのは、來さんの父である遠藤のおじ様の影が薄かったこと。おじ様は私達が座る高砂に一度も近づくことなく、一般の招待客の中に紛れていた。

來さんの気持ちに配慮したのかもしれないな……。

最後の両親への花束贈呈でも遠藤のおじ様は姿を見せず、新郎の両親の代わりに私から花束を受け取ったのは、おばあちゃまと師匠だった。

「香苗さん以外、考えられなかったからな。凪はついでだが……」

來さんはそう言っておばあちゃまを優しくハグし、緊張気味に立つおめかしした師匠の頭を撫でる。

「師匠、来てくれて有難う」

「姉ちゃんの家ってめっちゃ金持ちだったんだな。凄い披露宴でかなりビビったぞ」

「ごめんね、色々黙ってて」

「いいさ、俺もガセネタで迷惑かけたし。それより、師匠の俺に中元と歳暮は忘れるなよ」

師匠ったら、相変わらずだな。

四人で話しているとおばあちゃまの家で過ごした夏を思い出す。そんな和やかな雰囲気が一変したのは、親族を代表して父様の謝辞が始まった時。

「本日はご多用のところ、私の娘、莉羅と來君の為にご列席たまわり、心より御礼申し上げます。皆様もご存じの通り、莉羅はひとり娘で吉澤家の跡取りではありますが、医療とは縁のない人生を歩んでまいりました。そこで海外でも高い評価を得た優秀な医師、來君を聖明会の後継者として迎えることと致しました――」

私と結婚するということは、同時に聖明会という大きな組織を引き継ぎ、将来は理事長という重責を担うことになる。野望や野心のある人なら喜ぶかもしれないけれど、來さんはそんな人ではない。反対に迷惑なのでは……。

心配になった私は、結婚式の日取りが決まる寸前、既に聖明会の本院で内科医として働き始めていた來さんに本当の気持ちを聞いてみた。

『來さん、無理してませんか？　私と結婚しても、來さんがイヤなら聖明会を継ぐ必要はありませんから……』

するとかれは実にあっさり答える。

『無理なんてしてないさ。それに、聖明会のことは吉澤先生が決めること。俺は吉澤先生が決めたことに従うだけだ』

そしてこうも言った。

『俺は莉羅が傍に居て笑顔を見せてくれたら、それで満足だ』

來さん、有難う。あなたは私の為におじいさんから引き継いだ大切な診療所を手放し、大好きなあの町を出てここに来てくれた。そんな大きな決断をしてくれたあなたには、感謝しかない。

謝辞を終えた父様が私の肩を抱き、來さんと握手を交わす。

「來君、莉羅をよろしく頼む。幸せにしてやってくれ」

「はい、必ず幸せにします」


その言葉通り、新婚生活はとても幸せだった。

私達の新居は実家近くのタワーマンション。当初予定では、私の実家で父様と同居することになっていたのだけど、私がわがままを言ってこのマンションを借りてもらった。來さんは、あんな大きな家があるのにわざわざ引っ越さなくてもと渋っていたが、私がどうしてもと押し切った。

いずれ実家に戻らなければならない。それは分かっている。でも今は來さんとふたりが良かったから……。

ベッドサイドのデジタル時計が十五時になった。私はフローリングの床に座り、ベッドに置いた両腕の上に自分の顎を乗せてもう一時間以上、眠る來さんの顔を眺めている。

夜勤明けで疲れているのだろう。寝返りもせず、ぐっすり眠っている。

來さんって睫毛長いんだ。それに鼻筋がすっと通っていて顎もシュッとしてる。丸顔で鼻ぺちゃの私とは大違い。羨ましいなぁ～。でも、完璧な容姿の私の王子様はいつ目を覚ますんだろう。

仕事で疲れている來さんをゆっくり寝かせてあげたいと思う反面、構ってほしくて堪らない。

「昨夜はひとりで寝るの、寂しかったんだからぁ……」

つい思っていたことが声になり、慌てて口を噤む。と、その時、突然伸びてきた腕に腰を抱えられ布団の中に引きずり込まれた。

れてしまう。

「ひ……っ！」

予期せぬ事態に動転して手足をバタつかせるも体を包む優しい温もりに自由を奪われてしまう。

「俺が居なくて、そんなに寂しかったのか？」

わわっ！　今の聞いてたんだ……どうしよう。

独り言を聞かれた恥ずかしさより、患者さんの為に一生懸命仕事をしていた來さんに愚痴ってしまったことが悔やまれ、後悔の方が大きかった。

「あ、いや……その……ごめんなさい」

「なんで謝るんだ？　俺もお前が居ない夜は寂しかったぞ」

「えっ……」

來さんがそんなことを言うとは思っていなかったので驚いて顔を上げると、待ち構えていたようにキスが落とされた。それは、凪いだ水面のような穏やかで静かなキス。

彼は舌先で私の唇の輪郭を確かめるように優しく舐め、食むように甘噛みする。そして唇を何度も弾ませた後、もどかしいくらいゆっくり口腔内に舌を差し入れてきた。

遮光カーテンが引かれた寝室は暗闇に近かったけれど、今は昼間。こんな時間にベッドの中で口づけを交わすという背徳感が私の感情を高ぶらせ、熱の塊が体の奥で燻り始める。

あぁ……來さん、好き……。

衣擦れの音が微かに響く中、私は心地いい重みを感じながら温かい粘膜の中で彼の舌を追った。

「キス……上手くなったな」

一瞬、唇が離れたタイミングで來さんが囁く。

「……ホントに？」

「ああ、寝起きの男をこんなに興奮させて……俺の妻は悪い女だ」

それは違う。悪いのは來さんの方。こんな蕩けてしまいそうな糖度たっぷりのキスで私の心を甘く溶かしていくんだもの。

大きな手で乱された髪。淫らに捲り上げられたボーダー柄のカットソー。露わになったふたつの膨らみ。その間を濡れた唇が掠めていく。

「ずっと物欲しげに俺の顔を眺めていたろ？」

「えっ……」

「欲しかったんだろ？　俺のこと」

色っぽい声色が絶妙に私の欲望を刺激する。

來さんはなんでもお見通しだ。そうだよ。もっと……もっと、來さんのキスが欲しい。そしてあなた自身が欲しい。

だが一方で、自分がこんなことを思うようになるなんてと信じられない思いだった。

あの夏が私を変えたんだ。愛する喜びを知り、愛される幸せを知り、來さんに抱かれて全てが変わった。

「來……さん。私、凄く幸せ。きっと今、世界で一番幸せだと……思う」

身も心もひとつになった悦楽の時——快感の波に呑まれそうになりながら夢中で揺れる体を抱き締めると、突然來さんの動きが止まる。

「……それは、違う」

「えっ？」

「今世界で一番幸せなのは、俺だから」

「あぁ……」

その言葉を聞けただけで、もう十分。これ以上望むものは何もない。來さん、やっぱり世界で一番幸せなのは、あなたと永遠の愛を誓った私だよ。

――三ヶ月後。

私と來さんは父様に呼ばれ、本院の最上階にある会議室に来ていた。聖明会の臨時理事会に出席する為だ。

父様の計らいで、來さんが聖明会の理事に選任され、同時に吉澤家直系の私も特別理事として病院経営に加わることになった。

父様の後を継ぐ來さんは分かる。でも、医療と無関係の私が、どうして……。

そんな思いから一度は辞退したのだが、聖明会は代々創業一族の吉澤家直系の当主が理事長を務めてきたということもあり、血統を重んずる古参の理事から名前だけでもと強く乞われたのだ。そしてこれは父様の意思でもあった。それにはちょっとしたお家事情があって……。

「全員揃ったかね？」

父様が隣に座る本院の院長、琴美先生に声をかけると、彼女が渋い顔で首を振る。

「いえ、平賀《ひらが》総合病院の吉澤院長がまだです」

「……あの人は……いい。どうせ来ないだろう」

そして父様は、自分が退任後は私の夫である來さんに理事長の座を譲ると宣言した。

しかし父様はまだ五十代。理事長交代は数年後、いや、数十年後ということもあり得る。もちろん、いくら父様がそれを望んだとしても、理事会の承認なしでは來さんは理事長にはなれない。理事長の選任は理事全員の投票で決定されるのだ。しかし今まで前理事長が後任の理事長を指名してその通りにならなかったことは一度もないと聞いている。世襲による理事長就任は暗黙の了解。古い慣習だと言われそうだが、吉澤家が強大な権力と権限を持つことで聖明会はひとつにまとまってきたのだ。なので、父様の言葉は重い。

会議場は同意の拍手が鳴り響き、異論を唱える者はひとりも居なかった。この瞬間、來さんは父様の後継者として認められたのだ。

鳴り止まぬ拍手の中、來さんが立ち上がり深く一礼した。

「お認め頂き、有難うございます。しかしこれはまだ決定ではありません。なぜなら、理事の皆様はまだ私のことを何もご存じないからです」

來さんは、今後の自分の働きを見て理事長を任せられるかを判断してほしいと語る。

「その段階で今のような拍手を頂けましたら、喜んで理事長職を継ぎたいと思います」

実に來さんらしい発言。謙虚な言葉の裏には、必ず理事の方々を納得させてみせるという揺らがない自信が垣間見える。その堂々とした姿勢は古参の理事を唸らせた。

全てが順風満帆——。

だが、それから半年後の夜、予想もしていなかった悲しい一報が届く。それは、夕食後にかかってきた琴美先生からの一本の電話だった。

『莉羅ちゃん……落ち着いて聞いてね。吉澤理事長が……』

「父様がどうかしたんですか？」

『……亡くなったの』

「えっ……」

その場に崩れ落ちた私の手からスマホが滑り落ち、ソファに腰かけていた來さんの足元に転がっていく。異変に気づいた彼がそれを拾い上げ、私の元に駆け寄ってきた。

「莉羅、どうした？」

「嘘だ……父様が亡くなったなんて……嘘に決まってる」

驚いた來さんが私のスマホを耳に当て何か話しているけど、その内容は全く耳に入ってこない。半分意識がないまま車に乗せられ、到着したのは本院の夜間出入口。來さんに抱きかかえられ車から降りるとヨタヨタと歩き出す。

父様、どうして？　昨日も一緒に夕食を食べて楽しそうに笑っていたのに……。

「莉羅、大丈夫か？」

來さんの声で我に返ると、ＩＣＵのベッドの上で青白い顔をした父様が横たわっている姿が目に入る。傍らで父様の手を握り涙を流しているのは琴美先生だ。その周りを多くの職員が取り囲み頭《こうべ》を垂れている。

ようやくこれは現実なのだと悟った私は、父様に覆い被さり、人目も憚らず泣きじゃくった。

「いやぁーっ！　父様、目を覚まして！　私を置いて行かないで！」

だけど、どんなに泣いて叫んでも父様は応えてはくれず、固く閉じた瞼が開くことはなかった。

その後、死因を確認する為の病理解剖が行われ、琴美先生から告げられた病名は、急性大動脈解離だった。急性大動脈解離とは、大動脈がなんらかの原因で裂けたり破れたりした状態のこと。血管は内膜、中膜、外膜の三層からなり、一番内側にある内膜が破れ、血液が流れ込んで中膜がふたつに裂けてしまう疾患。

「心タンポナーデですか？」

來さんが尋ねると、琴美先生が小さく頷く。

血管外に血液が流れ出て、心臓を包む膜の中に溜まり心臓の動きが阻害されるのが、心タンポナーデ。

「でも、心タンポナーデで心臓がダメージを受ける前に血管壁が破裂した可能性が高いそうよ」

「では、出血性ショックで……？」

「ええ……」

父様は急死に近い状態だったらしい。

琴美先生は説明が終わると真っ赤に充血した瞳から零れ落ちる涙を拭い、倒れていた父様を見つけたのは自分だと声を震わせた。

「今朝、吉澤理事長から電話があって、仕事が終わったら家に来てほしいと言われたの。私に渡したいものがあるからって」

午後七時、琴美先生は約束通り私の実家を訪ねたが、応対したお手伝いさんが何度呼んでも父様は部屋から出てこなかったそうだ。

「それで、私が部屋のドアを開けると、吉澤理事長が床に倒れていて……」

琴美先生はすぐに容態を確認したが、既に心肺停止状態だった。

「私のせいだ。私が家出をして心配かけたりしてたから心労が重なって父様は……」

「そんな風に考えるな。莉羅のせいじゃない」

私を引き寄せた來さんも苦悩の表情を浮かべている。

「俺は医者なのに、何もできなかった」

彼もまた、自分を責めていた。そして琴美先生も……。

「私がもう少し早く吉澤理事長の家に着いていたら……」

父様との早過ぎる別れは私達に後悔と悲しみしか残さなかったけれど、琴美先生が囁くように言った一言で、少しだけ悲しみが薄らいだ。

「吉澤理事長、今頃、澄香と会っているかも……」

「母様と？」

「うん、きっと再会を喜んでいるよ」

そっと視線を上げた琴美先生が泣き笑いしている。

父様と母様が再会を喜んでいるのなら、悲しんじゃダメだよね。

自分に言い聞かせるも、琴美先生の顔を見ていると様々な思いが胸の内で交差し、涙が溢れてくる。

父様、置いて行かれた私達は、やっぱり寂しいよ……。

その寂しさを埋めてくれたのは、常に私の傍に居てくれた來さんだった。彼は私が泣くと必ず優しく抱き締めてくれる。それに葬儀会社との打ち合わせなども一手に引き受けてくれて、喪主も務めてくれた。

「來さん、有難う。私ひとりだったらどうしていいか分からなかった」

お寺の本堂での告別式が終わり、出棺を待つ間、私と來さんは参列してくださった親族や病院関係者にお礼と感謝の気持ちを伝えていた。

「吉澤先生は俺にとっても父親だ。短い間だったが、吉澤先生の息子になれて本当に良かったと思ってる。葬儀を滞りなく無事に終わらせること……それが俺にできる最初で最後の親孝行だ」

來さんにそう言ってもらえて父様も喜んでいるはず。

「あ、琴美先生にもお礼を言わなくちゃ。色々お世話になったし」

しかし彼女の姿が見当たらない。まだ本堂に居るのかもと思い、引き返して障子を開けようとした時のこと。障子の向こうから女性の激しい嗚咽が聞こえてきた。

「えっ……誰？」

隙間から中を窺うと、琴美先生が父様の棺を抱き滂沱《ぼうだ》の涙を流している。父様と長い付き合いの彼女が悲しむのは当然のこと。でも……。

心がざわついて足を踏み出せずにいると、背後から來さんの声が聞こえた。

「少し、ふたりだけにしてあげよう」

「えっ?」

「吉澤先生と本田院長は付き合っていたんだ」

結婚式の二日前、來さんは理事長室に呼ばれ、父様の口から直接そう聞いたのだと。

「もう十年以上……ふたりはそういう仲だったそうだ」

それほどの驚きはなかった。父様と琴美先生が付き合っているのは薄々気づいていたから。

「莉羅が結婚したら自分達も籍を入れるつもりだって言ってたよ」

「嘘……」

でも、結婚まで考えているとは思っていなかった。

初めてふたりの仲を疑ったのは中学生の頃。思春期だった私は父様があんなに仲が良かった母様のことを忘れてしまったのだと思いショックだった。だからわざとふたりの前で『私の母親は、母様だけ』だなんて言ったりして、ふたりの仲を裂こうとした。だけど、母様が亡くなり、悲しみのどん底だった私を支えてくれたのは、誰でもない。母様の親友、琴美先生だった。

父様には言えない悩みも琴美先生には相談できた。初潮を迎えた時、通っていたスイミングスクールでクロールが上手な同い年の男子が気になり始めた時、そしてずっと会えなかったおばあちゃまが恋しくなった時。琴美先生は親身になって私の話を聞いてくれた。まるで本当の母親のように……。だから今は、琴美先生をもうひとりの母だと思っている。もし父様が琴美先生と結婚したいと言えば反対はしなかっただろう。

「吉澤先生は本田院長との結婚を望んでいたが、ずっと断られていたらしい」

「琴美先生が断ってた？　どうして？」

「医師として生きていきたいからという理由だったようだが、吉澤先生が言うには、親友だった莉羅のお母さんのことを思い結婚に踏み切れなかったというのが本音らしい」

「そんな……琴美先生なら、きっと母様も……私だって琴美先生だったら……」

そこまで言って言葉を呑み込む。

もう何を言っても遅い。父様は母様の元に行ってしまったのだから……。私ができることは、愛し合っていたふたりの最後の時を邪魔しないよう、この場を去ること。

私は來さんの手を強く握ると静かに障子を閉めた。

葬儀後、私の実家に吉澤の一族が二十人ほど集まり、精進落としを兼ねた食事会が行われた。その席で私は伯父から突然病院経営から手を引くよう迫られる。

父様には医師の兄が居て、本当はその兄が病院を継ぐはずだったが、医療機器メーカーや製薬会社からリベートを受け取っていたことがそれらを固く禁じていた先代の理事長、つまり私の祖父の耳に入り、聖明会の系列病院、北陸の平賀総合病院に左遷されていた。その伯父が病院を継ぐのは自分だと主張したのだ。

「聖明会の理事長は吉澤家の血縁者が務めてきた。正当な後継者は私。娘婿など論外だ」

しかし私は伯父の悪行を父様から聞いていたので、素直に頷けなかった。

父様が私を特別理事にしたのは、伯父さんに聖明会を渡したくなかったから。ふたりきりの兄弟だから温情で理事にはしたけれど、聖明会を兄に渡すつもりはないとはっきり言っていた。

「父様が後継者に指名したのは私の夫です。他の理事の方も納得してくださいました」

「それは、まだこの先何年も弟の時代が続くと思っていたからだろう。こんな若造に聖明会を任せようなんて誰も思っちゃいないよ」

「でしたら、先日の理事会に出席してそう主張すれば良かったんです。欠席されたということは、認めたということ」

父様の考えを引き継ぎたいという思いと、來さんを侮辱された怒りでつい熱くなってしまった。そんな私を來さんが落ち着いた口調で制止する。

「莉羅、それは今ここでする話じゃない。そして吉澤院長、聖明会に関わることは理事会でお願いします」

來さんとしては、今は父様の冥福を祈る時、諍いは避けたいという気持ちだったのだろう。でも、伯父さんにはその思いは通じなかったようで、テーブルを叩いて立ち上がる。

「若造が生意気に私に意見しおって。貴様のことは絶対に許さんからな！」

伯父さんは乱暴にドアを閉め部屋を出て行った。

実の弟が亡くなったというのに、悲しむどころか野心丸出しで自分のことばかり。

伯父さんの頭の中には理事長のことしかないんだ……。

「來さん、イヤな思いさせちゃって、ごめんなさい」

「気にするな。あんなのどうってことないさ」

來さんは笑っていたけれど、不快だったのは間違いない。だから改めて思う。來さんの為にも、亡くなった父様の為にも、そして聖明会の為にも伯父さんの言いなりになってはいけないと。

四十九日の法要が終わった翌日、父様が亡くなって初めての理事会が行われた。議題は新たな理事長の選出。

議長の琴美先生が前理事長である父様の意思を継ぎ、來さんを理事長に推薦すると発言した直後、いつかと同じ割れんばかりの拍手が鳴り響いた。

正直、この結果は意外だった。いくら父様から指名されたとはいえ、來さんは理事になってまだ七ヶ月。躊躇する理事が居てもおかしくないと思っていたから。だが、ホッとしたのも束の間、ひとりの理事が立ち上がり、大声で異を唱えた。伯父さんだ。

「私は反対だ。その男は愛人の子。そんなヤツが理事長になれば、聖明会は世間の笑いものになる」

その一言で拍手が止み、他の理事がざわつき始めた。

違う。それは、違う。來さんのお母さんは愛人なんかじゃない。

反論しようとしたのだが隣の來さんが私の腕を掴んで首を振る。

「俺が説明する」

しかし來さんが話し出す前に琴美先生が口を開いた。

「そうだったとして、何か問題でも？」

琴美先生は、たとえ伯父さんの言うことが事実だったとしても、それは來さんのお母さんの事情であり、來さんが責めを負うものではない。今我々が重視すべきは來さんの出生や生い立ちではなく、彼が理事長に値する人物かどうかなのだと淡々と語った。

するとひとりの理事が「異議なし！」と叫び、再び会議所は大きな拍手に包まれる。

伯父さんは最後まで反対していたが、志半ばでこの世を去った前理事長の思いを尊重したいという意見が相次ぎ、來さんは理事長に選任された。

「ごめんなさいね。反論の機会を奪ってしまって」

理事会が終わり他の理事が会議場を出て行くと、琴美先生が申し訳なさそうに來さんに頭を下げる。

「いえ、本田院長のお陰で母の過去を話さずに済みました。感謝します」

疑惑を晴らす為とはいえ、來さんにとって自分が生まれた経緯を話すのはやはり抵抗があったのだろう。

「琴美先生、來さんのことを気遣ってくれて有難う」

「気にしないで。でもこれで、吉澤前理事長に胸を張って報告できる。あなたが見込んだ息子を無事理事長にすることができましたってね」

琴美先生……。

私と來さんは父様の葬儀後、マンションを出て仏壇がある実家に戻っていた。琴美先生は仕事が終わると毎日、父様の好物を持って仏壇に手を合わせに来てくれていたのだ。その後ろ姿を見ていると辛くて涙が止まらなかった。

この思いが正解かは分からないけど、せめてもう少し……琴美先生と籍を入れるまで父様には生きていてほしかった。

「琴美先生、これからも私達の傍に居て相談に乗ってくれますか？」

「もちろんよ。新理事長を全力で支えるから」

微笑んだ來さんが深く頭を下げ、琴美先生と握手を交わす。

その姿を見つめ安堵するも、私達の本当の試練はこれからだった。

それは、三ヶ月後に開かれた理事会でのこと——。

公益財団医療法人では厚生労働省のモデル定款で原則、三ヶ月に一回、理事会を実施しなければならないという決まりがある。その理事会で理事長は職務執行状況などを報告するのだ。

來さんの報告に続いて各病院の経営状態などの確認が行われ、そろそろ閉会かと思ったその時、伯父さんが重大な報告があると立ち上がった。

「理事長は以前、医療事故を起こし、追及を恐れて海外に逃げたという過去があるのですが、理事の皆さんはご存じですか？」

えっ……医療事故？

理事の間から「初耳だ」「聞いていない」という言葉が飛び交い、來さんに視線が集中する。そんな中、伯父さんがある雑誌の名を上げ、來さんの医療事故の件で取材を受けていたと発言したものだから、議長の琴美先生が激高した。

「そのような取材を受ける時は理事会に報告して指示を仰ぐのが筋です。なぜそのような勝手なことをされたのですか？」

「筋も何も今朝、家を出たら記者が待っていて報告する間もなかったんだよ。私もその場で医療事故のことを聞いて慌ててしまってね。否定はしましたよ。でも、向こうは事実だと自信満々で、そんな最低な医師をどうして聖明会の理事長にしたんだと言われて返答に困りましたよ」

困ったと言いつつ、伯父さんは嬉しそうにほくそ笑んでいる。

「それで、事実を確認する為に秘書に命じて調べさせたら……」

五年前、來さんが担当していた入院患者が一時、意識不明になっていた。その患者は決して命に係わる重大な疾病があったわけではない。しかし來さんが投薬を指示した後に昏睡状態に陥り、回復したものの軽い麻痺が残ったそうだ。

「でもまぁ、医者も人間だ。ミスをすることはある。問題なのはその後だ。患者の家族が弁護士に相談したと知ると裁判になることを恐れ、海外に逃げたんだからねぇ。病院側が秘密裏に患者家族と交渉し、慰謝料を支払うことで示談になったから裁判にはならなかったようだが……」

嘘だ……來さんは患者さんのことを第一に考える立派なお医者さんだ。そんなことするはずがない。

憤り伯父さんを睨みつけるも、他の理事からも事実はどうなのかと声が上がる。

琴美先生が困惑した表情で來さんに説明を求めると、來さんがひとつ大きな深呼吸をして立ち上がった。

「医療事故があったのは……事実です。しかし私は医師として誠心誠意、患者様と向き合ったつもりです。海外行きはそれ以前に決まっていたこと。決して裁判が怖くて逃げたわけではない」

しかし理事の中には納得できないと言う人も居て、詳しい説明を求めて様々な質問が飛んでくる。けれど來さんはその質問には一切答えようとはせず、結果、理事会は紛糾した。そんな大荒れの場を収めたのは琴美先生だった。

「皆さん、この件につきましては、後日、私が詳細をお伝えしますので、少々お時間をください」

この一件で他の理事との間に溝ができてしまったのは事実。なぜ丁寧に説明しないのだろうと疑問に思ったけれど、來さんは責任を放棄して逃げるような卑怯な人じゃない。それが分かっていたから私は來さんを信じると決め、彼には何も聞かなかった。

するとその日の夜、夕食が終わるとソファに座っている來さんが私を呼び、なぜ医療事故のことを聞かないのだと不思議そうな顔をする。

「どうして俺を問い詰めない？　莉羅は納得できたのか？」

「私は何があっても來さんを信じているから。來さんが医師として誠心誠意、患者様と向き合ったって言葉に嘘はないと思う」

「そうか……」

　來さんが私を引き寄せニッコリ笑う。

「でも、揉め事はイヤ。理事の人達と仲良くしてね」

　來さんの膝の上で切れ長の綺麗な瞳を見つめ懇願すると、長い指が私の髪を梳き、こめかみに唇が押し当てられた。そして頬を滑り落ちた唇が耳元でピタリと止まる。

「分かった。そうしよう」

　耳朶を甘噛みしながら吐き出された低い声が鼓膜を揺らし、その刺激が体の芯まで伝わってくる。

　こうやって愛撫されるのは久しぶりだ。父様が亡くなってから、彼は優しく抱き締めてくれることはあっても体を求めてくることはなかった。それはきっと、悲しむ私を慮ってのこと。來さんの優しさは言葉ではなく、いつも心で感じる。でも今日は、あなたの愛に包まれたい。

「來さん、キス……して?」

「いいのか?」

「うん、いっぱいキスして」

あなたに抱かれている間だけは、イヤなことも辛いことも忘れられるような気がするから。

しかし來さんの腕の中で感じた幸せは、ある雑誌が刊行されたことで一気に消え失せる。伯父さんが取材を受けた暴露系の週刊誌だ。

大病院の泥沼のお家事情として取り上げられた記事は目を覆いたくなるような酷い内容だった。遠藤のおじ様の名前は伏せられていたけれど、医療事故を起こした大物政治家の隠し子の医師が聖明会を乗っ取っただとか、財産目当てで私と父様を騙して吉澤家に入り込んだのだとか。特に許せなかったのは、來さんのお母さんが婚約者から遠藤のおじ様を奪おうとわざと妊娠したと書かれていたこと。

リークしたのは、おそらくあの人。取材を受けただけだと言っていたが、自分から持ち込んだネタなのだろう。

どうしよう……このままでは來さんが理事長を解任されてしまう。

第七章　蘇った罪深き過去の記憶

今朝も莉羅は浮かない顔をしていた。もう何日も彼女の笑顔を見ていないような気がする。その理由は、あの週刊誌の記事か……。莉羅の前では平静を装っていたが、あの記事を読んだ時、腸《はらわた》が煮えくり返った。俺のことは好きに書けばいい。だが、既にこの世には居ない吉澤先生と母親、そして大切な妻を侮辱することは絶対に許さない。顧問弁護士を通して記事の訂正と謝罪を求める内容証明を送付してもらったが、出版社は適切な取材で事実を記事にしたままで。信用できる人物からの情報だと一歩も引かない。

理事長室から見えるビル群を眺めたため息をついた時、デスクの上のスマホが震えた。

「そろそろかかってくる頃だと思ったよ」

電話の相手は遠藤光雄。あの週刊誌の記事を読んで慌てて電話をしてきたのだと思ったが、どうも記事が出ることは事前に知っていたようで、そのことについて会って話がしたいと言ってきた。

「知っていたなら、なんで止めなかった。与党の幹事長のあんただったらそのくらいお手の物だろ？」

『あんな内容だとは知らなかったんだ。それに話を聞いたのは発売前日で、私の名前を削除させるのが精一杯だった……』

「自分さえ良ければ他の人間はどうでもいいってことか。あんたらしいよ」

『そう言うな。とにかく会って話したい。莉羅ちゃんと結納をした料亭に来てくれ』

通話を終えると無性に虚しくなり、拳をデスクに叩きつけた。

莉羅、すまない。俺と結婚したばっかりに、お前に辛い思いをさせてしまった。医療事故のことを承知で結婚を認めてくれた吉澤先生も、まさかこんなことになると思っていなかっただろう。

結婚式の二日前、俺は理事長室に呼ばれ、吉澤先生とふたりで話をした。

吉澤先生は初めて会った時、俺のことを調べたと言っていた。ならば、当然医療事故のことも耳に入っているはずだ。それなのに、なぜ俺を聖明会の後継者として認めてくれたのか……疑問に思っていたが、医療事故を起こした時に俺が勤めていた病院の院長と吉澤先生が研修医時代からの知り合いだと聞いて納得した。

吉澤先生は真実を知っている……。

『君は損な性分だね』吉澤先生はそう言って笑っていた。そしてその後、自分のことも話してくれた。本田院長と籍を入れようと思っていると。莉羅の結婚が決まり、ようやく本田院長が首を縦に振ってくれたと嬉しそうに微笑みながら。だが、吉澤先生が俺を呼んだのは自身の結婚のことではなく、莉羅に関することだった。

『來君、君は莉羅の母親が亡くなった時のことを聞いているかね？』

『はあ……こちらに来る前に香苗さんから大体のことは……莉羅が六歳の時に喘息の発作で亡くなられたと……』

吉澤先生は二度、大きく頷くと目を伏せる。

『そう、妻は莉羅の目の前で亡くなった。そのショックで莉羅は解離性健忘《かいりせいけんぼう》を発症したんだ』

『解離性健忘？　莉羅が……ですか？』

突然のことで驚いたが、思い当たることはないかと聞かれ、ハッとした。

そうだ。莉羅は俺達が初めて会った時のことを全く覚えていなかった。記憶にあったのは、夢で見た俺のホクロだけ。

『確かお母さんが亡くなったのは、八月……その直前、莉羅は香苗さんの家に来ていませんでしたか？』

『ああ……そうだったな。夏休みを利用して妻と莉羅は義母のところに遊びに行き、自宅に戻った一週間後に妻が亡くなったんだ』

そして莉羅は解離性健忘になり、記憶の想起が不可能になった。

解離性健忘は、心的外傷やストレスによって引き起こされる。精神的なショックに対する自己防衛だ。……例えば、虐待や事故、身近な人の死など、精神に大きなダメージを受けることで発症する記憶障害だ。症状は人によって様々で、その時の記憶が全て失われることもあれば、部分的に思い出せないこともある。

莉羅の場合は、母親が亡くなった日から前後一ヶ月くらいの記憶が抜け落ちていた。だから莉羅はあの町での記憶がなかったんだ。

『催眠と薬を用いた記憶想起法で、疎《まば》らながらある程度の記憶は戻ったんだが、私の判断で治療を途中で止めた』

眉を寄せた吉澤先生の表情からは、苦悩の色が見て取れる。

『妻が亡くなって三ヶ月ほど経った頃だった。探し物があってリビングのチェストの引き出しを探っていると、一番下の引き出しの奥からリリーバーが出てきた』

リリーバーは喘息の発作治療薬だ。

『治療薬はなかったと香苗さんから聞きましたが……』

『そういうことになっているが、実はあったんだよ』

莉羅の母親はいつ発作が起こっても対処できるよう、そのチェストと寝室、そして普段使用している自分の鞄にリリーバーを常備していた。

『私は莉羅に、リビングのチェストの上から二番目の引き出しに母親の喘息の薬が入っていると伝えていたが、寝室と鞄のことは言っていなかった』

なので、莉羅は母親が発作を起こした時、リビングのチェストの引き出しを開けて薬を探した。しかし薬を見つけることができず、母親は呼吸困難で亡くなってしまう。

しかしここで疑問が生じた。

『待ってください。リリーバーは二番目の引き出しに入っていたのですよね？　なぜ一番下の引き出しから出てきたのですか？』

『おそらく……莉羅が隠したんだろう』

『なっ、どうして莉羅がそんなことを……』

吉澤先生は治療薬を見つけた時、母親が亡くなった当時のチェストの状況を思い起こし、あることに気づいた。

『あの日、私が仕事から帰りリビングに入ると、チェストの二番目と三番目の引き出しが開いていた。莉羅は勘違いしていたんだよ。薬が入っているのは三番目の引き出しだと。そして母親が亡くなった後、間違いに気づいて二番目の引き出しを開けると薬が入っていた。莉羅は、母親を死なせてしまったのは自分だと思ったんだろう。そして怖くなった』

『だから治療薬を一番下の引き出しの奥に隠した？』

『ああ、その時の莉羅の気持ちを考えると今でも胸が痛む』

母親を失った深い悲しみと、薬を見つけられなかった自分に対する怒りと後悔。そしてそのことを知られることへの恐怖が幼い莉羅を極限まで追い込み、精神を崩壊させた。

『莉羅は忘れることで自分を守ろうとしたんだよ』

そのことに気づいたから、吉澤先生は治療を止めたのか……。

『莉羅自身が記憶から消した過去を思い出して何になる……記憶がなければ、辛い思いをせずに済むからね。その方が娘の為にはいいと判断したんだよ』

吉澤先生は、莉羅の記憶が戻ることを恐れていた。

『もし何かの拍子に莉羅があの時のことを思い出したらと思うと不安でね。だから娘の夫になる男は記憶が戻った莉羅を支えてくれる人物でなければと思っていた』

『ということは、結婚を許して頂けた私は合格……ということですか？』

『うむ、あの医療事故で君が取った行動を知り、莉羅の結婚相手は來君しか居ないと思った。君には、莉羅のこと、そして吉澤家のことで苦労をかけると思うが、どうかよろしく頼む』

吉澤先生が立ち上がり、俺に向かって深々と頭を下げた。

『どうか頭を上げてください。私は莉羅を幸せにする為ならどんな苦労も厭いません』

笑顔になった吉澤先生の目に光るものが見える。

『來君、最後にもうひとつだけ君に頼みがある。もし私に何かあった時は、君が聖明会を継いでくれ』

まさかこれが吉澤先生の遺言になるとは……。

俺は吉澤先生が茶毘《だび》に付される時、心の中で誓った。莉羅と聖明会はどんなことがあっても必ず守ると。

午後八時。神楽坂の料亭に到着すると既に遠藤が来ていて、開口一番、とんでもないことを言う。

「來、莉羅ちゃんと離婚しろ」

選挙が近い遠藤は、自分に騒動の火の粉が降りかかるのを恐れていた。

「莉羅ちゃんとお前を結婚させたのは、彼女の父親が医師会の会長だったからだ。しかし吉澤が亡くなり医師会の会長も代わってしまった。今度の会長は野党と繋がりが深い人物だ。もう票は期待できない」

「思惑が外れた……ということか」

そんなことだろうと思ったよ。

「そこに来てお前のあの記事だ。まだ世間には私達が親子だとは知られていない。今の内に莉羅ちゃんと離婚してほとぼりが冷めるまで海外にでも行ったらどうだ？」

自分の保身に必死な遠藤を見て、この男と同じ血がこの体にも流れているのだと思うと情けなくなる。

「バカバカしい。なんであんたの為に莉羅と離婚して海外に行かなきゃいけないんだ。それは断る」

すると遠藤が顔を真っ赤にして俺を罵倒した。

「お前の考えは分かっている。聖明会の理事長になり、周りにちやほやされて権力を手放すことが惜しくなったんだろう？　欲深い男だ」

欲深い男？　どの口が言う。

「なら、俺と縁を切ればいい。俺もあんたの息子だと世間に知られるのは迷惑だ」

怒りに任せ、大声で怒鳴ると料亭を後にした。

遅くなったな……莉羅が心配しているかもしれない。

ハイヤーの中で莉羅に電話をしようとスマホを取り出した直後、偶然にも莉羅からメッセージが届く。

【今、実家には帰らない方がいいです。家の外に雑誌の記者が居ます】

すぐさま莉羅に電話をすると、彼女の切羽詰まった声が聞こえてきた。

『夕方、買い物に出たら雑誌の記者だっていう人が居て、色々質問されて動画も撮られたから怖くなって家に戻ったの。さっき琴美先生が来てくれたんだけど、まだその記者が外に居るって言ってた。だから帰って来ちゃダメ』

怒りでスマホを持つ手が震えた。

俺のことが知りたいのなら、どうして俺のところに来ない？　莉羅は関係ないだろ。

「莉羅、そこに本田院長が居るなら電話を代わってくれ」

電話口に出た本田院長に、莉羅を暫く預かってほしいと頼む。俺の傍に居たら莉羅を巻き込んでしまうと思ったからだ。そして懸念がもうひとつ。遠藤のことも気になっていた。俺が居ない間に訪ねてきて、莉羅に余計なことを言うかもしれない。

本田院長は莉羅を預かることを承諾してくれたが莉羅は納得せず、俺と離れたくないとゴネた。

「頼む。俺の為に本田院長の家に行ってくれ」

『來さんの為に？』

「ああ、お前がひとりで家に居たら心配で仕事が手につかない。俺の為にそうしてくれ。とにかく一度、家に帰る」

『でも、まだ記者が……』

「心配するな。大丈夫だ」

莉羅が言った通り、実家の前には四、五人の記者が待ち構えていた。俺が車を降りるとボイスレコーダーを向け、矢継ぎ早に質問が飛んでくる。

「奥さんとの馴れ初めは？　聖明会の前理事長の娘だと知って近づいたんですか？」

「医療事故を起こしたそうですが、患者さんに対して一言頂けませんか？」

俺は全ての質問を無視し、門扉を閉めると記者を指差し言う。

「敷地内に一歩でも入れば、すぐに警察を呼ぶ。妻の写真や動画を撮ることも許さない。そんなことがあれば、直ちに法的処置を取る」

こんな脅し文句が通用する相手ではないということは分かっていたが、黙っていることができないほど俺は苛立っていた。

「莉羅……」

玄関を入ると莉羅が抱きついてくる。目尻が少し下がった大きな瞳は不安で揺れていた。俺は華奢な体を強く抱き締め柔らかい頬に唇を押し当てる。

「すまない。イヤな思いをさせて」

「謝らないで。來さんのせいじゃない」

俺との電話の後、本田院長に手伝ってもらい、荷物はまとめたと寂しげに呟く。

「少しの辛抱だ。頃合いを見て会いにいく。それと、遠藤から電話があっても絶対に出るな。いいな？」

俺も莉羅と離れるのは辛い。でもな、お前が怯える姿を見たくない。莉羅には笑っていてほしいから……どうか分かってくれ。


——五日後、意外な展開が待っていた。

東京地検特捜部が遠藤の議員事務所の家宅捜査を行ったと一報が入る。

報道によると、遠藤は二年前、一千万円の政党交付金を妻名義のビル購入の頭金や家族での海外旅行の費用などに充てていたとして、政党助成法違反で摘発され逮捕は時間の問題だと。

あの男もこれで終わりだな……。

そう思った時、秘書から来客の知らせが入る。

『代議士の遠藤先生です。どうしても理事長にお会いしたいと……』

「会うつもりはない。帰ってもらってくれ」

しかし数分後、招かれざる客が理事長室のドアを開けた。

「來……」

俺の名を呼んだ遠藤の声は震え、青ざめた顔は悲壮感が漂っている。その後ろに居るのは黒髪をきっちり七三に分けた背の高いスマートな男性。

まだ若いな。秘書か？　……んっ？　秘書ってことは……。

「初めまして。お兄さん。遠藤清也です」

やはりそうか。この男は遠藤の息子。俺の弟だ。

不思議な感覚だった。父親の遠藤と初めて会った時はなんとも思わなかったのに、どことなく自分に似た弟と目が合った瞬間心がざわめき、胸の奥で熱い何かを感じた。

そんな気持ちを掻き消したのは、相変わらず自分勝手なこの男。

「來、頼みがある。私を今すぐこの病院に入院させてくれ」

「偽装入院か……政治家は都合が悪くなると入院するというのは本当だったんだな。悪いが、健康な人間を入院させるほどこの病院は暇じゃない」

「そんなことを言わず助けてくれ。お前は父親が逮捕されてもいいのか？」

「親子の縁は切ったはずだが？」

即答すると弟が遠藤を押し退け「父を助けてください」と深く頭を下げた。

「君はそれが本当に正しいことだと思うのか？」

強い口調で問うと弟が唇を噛み押し黙る。すると今まで低姿勢だった遠藤が急に声を荒らげた。

「私が政治家を辞めることはこの国の損失になる。日本には私のような人間が必要なんだ！」

「前にも言ったはずだ。ひとりの女を幸せにできない人間が国民を幸せにできるはずがない。あんたは潔く辞職するべきだ」

しかし遠藤の心には俺の言葉は響かなかったようで、顔を紅潮させると「もういい！」と叫び、足早に部屋を出て行く。俺はその後を追い部屋を出ようとしていた弟

「あの男に引導を渡すことができるのは、秘書で息子の君しか居ない。この状況で何をすべきか、清也、君になら分かるよな？　俺は弟の君を信じている」

「あ、はい」

「清也……と呼んでもいいかな？」

を呼び止めた。


ほんの数分一緒に居ただけだったが、この弟なら正しい判断ができる。清也の淀みない真っすぐな目を見て、なんとなくそんな気がした。

俺の不確かな勘は当たっていたのか……その答えが出たのは、しつこい記者を振り切り、明かりが消えた家に帰ってテレビのリモコンスイッチを押した時。

偶然映し出された報道番組のアンカーがトップニュースで伝えていたのは、遠藤の議員辞職だった。

◇　◇　◇

來さんは今、幸せなのかな……。

彼と離れて暮らすようになり、私そんなことばかり考えるようになっていた。

決して來さんが冷たくなったとか、愚痴を言われたというわけではない。寧ろ以前より優しくなったような気がする。朝と昼、そして仕事終わりに必ず電話をしてくれて私を気遣ってくれるのだ。でも、時にその優しさは私を不安にさせる。

このまま私と夫婦でいたら彼を不幸にするのでは？　來さんは本当に聖明会を継ぐことを望んでいたのかな？

つい彼の心の内を探って勝手に落ち込んでしまう。そして私が一番気になっていたのは、私と関わった人は皆不幸になるということ。

さっきニュースで遠藤のおじ様が議員辞職したと知り、その思いが益々強くなった。母様は若くして亡くなり、父様も突然あんなことに……琴美先生だってそうだ。

昨夜、私は琴美先生の父様への愛と無念の思いを強く感じた。

琴美先生のマンションに来てからは、私が夕食を作っていたのだけれど、昨夜は早めに帰宅した琴美先生がA5ランクの牛肉で美味しいすき焼きを作ってくれた。が、私と琴美先生しか居ないのに、なぜかテーブルのセッティングは三人分。

「琴美先生、誰かお客様が見えるの？」

私の問いに琴美先生がくすりと笑う。

『莉羅ちゃん、忘れてたでしょ？　今日は達志さんの誕生日よ』

娘の私は忘れていたのに琴美先生は覚えていた。

『達志さん、すき焼きが好きだったから一緒に食べようと思って……』

琴美先生はとんすいに卵を割り入れると牛肉をたっぷり乗せ、誰も居ない席の前に置く。

『さあ、私達も食べましょう』

『はい……』

私は琴美先生に感謝しながら静かに手を合わせた。

父様の誕生日を祝ってくれて有難う。きっと父様も喜んでいると思う。

食事中の話題は父様のことばかりだった。父様との思い出話をする琴美先生は笑顔だったけれど、時折見せる寂しそうな表情が私の胸を締めつける。

琴美先生は強いな。私が琴美先生の立場だったら笑うことなんてできない。

もう遅いと思ったが、私は琴美先生に父様と結婚してほしかったと告げた。

一瞬、琴美先生の箸が止まる。

『本当に？　そう思ってくれてたの？』

『うん、もっと早く言うべきだった。琴美先生と父様は私に遠慮して結婚しなかったんでしょ？』

微笑んだ琴美先生が立ち上がり、自分の鞄を持って戻ってきた。

『実はね、達志さんが亡くなった時、書斎のデスクの上にこれが置いてあったの』

それは、父様と琴美先生の署名捺印された婚姻届だった。

『迷ったんだけど、どうしても手元に置いておきたくて勝手に持ってきちゃった。ごめんね』

そうだったんだ……父様が亡くなった日、琴美先生に渡したいものがあると彼女を自宅に呼んだのは、この婚姻届を渡したかったからだったんだね。

『ううん、父様もこれは琴美先生に持っていてほしいって思っているはず』

琴美先生が書斎で婚姻届を見つけた時、当然ながら妻の欄はまだ空欄だった。琴美先生は父様の葬儀が終わった後、自分の名前を書き印鑑を押したそうだ。

『澄香が嫉妬して達志さんを連れて行ったのかも。幻の婚姻届になっちゃった』

琴美先生は冗談っぽく言って笑っていたけれど、私は涙を堪えるのに必死だった。

どうして私の周りの人達は幸せになれないんだろう……。

そんなことばかり考えているせいか、最近体調がいまいちだ。睡眠はちゃんと取れているはずなのに常に眠くて怠い。何もする気になれず、今日も夕食の下ごしらえが終わるとリビングのソファに寝転び、ぼんやり窓の外を眺めていた。

その後、仕事から帰った琴美先生と夕食を食べていると、対面の琴美先生が急に私をジッと見る。

「ねぇ、莉羅ちゃん、食欲ないみたいだけど、具合でも悪いの？　昨日のすき焼きもあまり食べてなかったし……」

「……あ、特に悪いというわけじゃないんだけど、疲れが取れなくて……」

琴美先生は一拍置いて「最後に生理になったのはいつ？」と聞いてきた。

その質問で初めて生理が遅れていることに気がついた。

嘘……それって、まさか……。

「色々あったからすっかり忘れていた。でも、色々あったから不順になっているのかも……」

「じゃあ、調べてみましょう」

琴美先生は目を輝かせ、鞄を持つと部屋を飛び出していく。待つこと十数分、戻ってきた彼女の手にはドラッグストアの清算テープが貼られた妊娠検査薬が握られていた。

「院長先生でも市販薬を使うことあるんですね」

「市販の妊娠検査薬の精度はかなり高いのよ。もちろんセルフチェックで陽性になっても医師の診断がなければ確定じゃないけど。ほら、早く検査してみて」

私より琴美先生の方が興奮している。そんな琴美先生を見て笑っていたけれど、いざその時になると緊張して口から心臓が飛び出しそうだった。

「わっ！　琴美先生、見て！　縦線が出てる」

検査結果は陽性。私は妊娠していた。

このお腹の中に來さんの赤ちゃんが居るんだ……。

今までの辛かったことが全て吹き飛んでしまうくらいの喜びだった。

「明日、産婦人科を予約しておくから病院にいらっしゃい」

「はい」

「パパに教えてあげたら？　きっと喜ぶわよ」

大きく頷いてダイニングテーブルの上に置いてあったスマホを手に取るも、ゆっくりそれを戻す。

「電話しないの？」

「うん、明日、病院でちゃんと診てもらってからにする」

琴美先生は間違いないだろうと言っていたけど、万が一ということもある。確実に妊娠していると分かってからの方がいい。病院で診察してもらって妊娠が確定したら、その足で來さんに報告に行こう。やっぱりこういうことは電話じゃなく、直接会って報告したい。

——翌日、聖明会本院。

産婦人科で内診を受けた後、優しく微笑んだ女医さんが私にエコー写真を差し出す。

「おめでとうございます。六週目に入ったところですね。妊娠二ヶ月です」

「ああ……有難うございます」

間違いじゃなかった。私、ママになるんだ。

今朝、來さんから電話があった時、思わず『妊娠してるかも』と言いそうだった。

これでやっと報告できる。

女医さんから受け取ったエコー写真を慎重に鞄に仕舞うと、走り出したい気持ちをグッと堪え最上階の理事長室に向かった。

エレベーターの中に居る数秒でさえもどかしく、扉が開くと速足で一番奥のドアを目指す。しかし來さんは財務会議中で理事長室には居なかった。

「お急ぎのご用件でしたら理事長に連絡させて頂きます。いかが致しましょうか？」

申し訳なさげに眉を下げた秘書の女性に私は笑顔で首を振る。

一刻も早く妊娠したことを伝えたかったけれど、これは完全にプライベート。重要な会議を中断させてまで伝えることじゃない。

「いえ、急ぎではありませんので……出直します。失礼しました」

回れ右をしてとぼとぼと歩き出すと少し先のドアが開き、ふたりの男性が出てきた。

男性達は私が向かっているエレベーターホールと同じ方向にゆっくりとした足取りで進んでいく。

カーペット張りになっている廊下は足音も聞こえずとても静かだ。なので、前を歩くふたりの話し声が自然に耳に入ってきた。

「でも、これからどうなるんだろうな」

「何が？」

「理事長のことだよ」

この人達、來さんの話をしている。

「まぁな、前理事長の意向だから他の理事も納得して理事長に選出したけど、あんな記事が出て理事長にしたことを後悔しているんじゃないか？　だから明日、急遽、臨時理事会が開かれることになったんだよ」

えっ？　そうなの？　でも臨時理事会が開かれる時は一週間前に連絡が来ることになっているはずだけど……そんな連絡受けてない。

「世間の評判が悪くなったら聖明会のイメージダウンにもなるし、理事の人達も焦っているのかも……でもさぁ、理事長って医師として入職して一年経たないうちに理事長になったんだよな。それであの仕事っぷりは凄いと思うよ」

「うん、それは他の職員も皆言ってる。個人的にはあの記事にあったような野心的なイメージはないし、仕事熱心で僕達職員のことも気遣ってくれる人だから応援したいけど、医療事故を起こして海外に逃げたっていうのは痛いよな」

「だよな。医療事故があったことは認めているみたいだし、事実なんだろうな」

違う。來さんは逃げたんじゃない。

思わず叫びそうになった時、ひとりが自信満々に断言した。

「理事長解任は間違いないな」

愕然として言葉を呑み込む。

來さんが理事長を解任される？　そんな……そんなことって……。

そもそも來さんは理事長の座など望んでなかった。なのに、あんなでたらめな記事を書かれ、人格まで全否定された。本当は今すぐにでも理事長を辞めたいと思っているはず。でも彼は周りから何を言われても動じることなく、病院の為に頑張ってくれている。そんな來さんを解任だなんて……。

怒りが込み上げてくるも、ふと彼をそんな状況に追い込んだのは私なのではと思い、足が止まった。

そうだ。全部私のせい。やっぱり私は周りの人を不幸にする疫病神なんだ。

悪いのは、私――そう自分を責め続けていると、頭の片隅にある光景が浮かんだ。

私は実家のリビングのチェストの引き出しを開け、呆然としている。手に持っているのは喘息の発作治療薬。振り返ると母様が床に倒れていていた。

これは、私が子供だった頃の記憶。母様が亡くなった時の記憶だ。でも、どういうこと？　どうして私は発作治療薬を持っているの？　あの時、引き出しの中に治療薬は入っていなかった。だから母様は……。

疑問に思った時、頭の奥が脈打つようにズキズキと痛み始める。あまりの激痛に耐えきれず、顔を歪めてその場に座り込んだ次の瞬間、当時の記憶が鮮明に蘇ってきた。

そうじゃない。治療薬はあったんだ。

治療薬が見つからず、父様に電話をしようとした時、私は勘違いしていることに気づく。父様から教えられた治療薬が入っている引き出しは二番目だったのに、探していた引き出しは三番目。でも遅かった。治療薬を見つけた時には既に母様は動かなくなっていた。

怖かった。恐ろしかった。このことを父様が知ったら絶対に怒る。もう私なんていらないって言われるかもしれない。

父様の言いつけを守れなかった自分が許せず泣きじゃくるも、それ以上に私を追い詰めたのは、自分のミスで母様を死なせてしまったというこの現実。どうしてもその事実を認めたくなかった。そして私はあり得ない行動に出る。震える手でチェストの一番下の引き出しを開け、発作治療薬を奥に押し込んだ。

あぁ……私はなんてことを……責められるべきは父様ではなく、私。罪を犯したのは私だった。

けれど、もう父様は居ない。謝ることもできないのだ。

後悔と懺悔の涙が怒涛の如く流れ落ち、顔を覆った手を濡らす。

父様、母様、ごめんなさい。私は親不孝な娘……最低な娘です。

何度も詫びながら嗚咽を繰り返していると呼吸が乱れ、胸が苦しくなってきた。同時に全身の血が体から抜けていくような感覚に陥り、砂嵐の中に居るみたいに視界が暗く霞んでいく。

遠くで誰かが叫んでいる。この声は……ああ、そうだ。さっき話した秘書の女性だ。

人影が近づいてくるのを確認した直後、私の意識は闇の中に堕ちていった。


頬に何か温かいものが触れたような気がして瞼を開けると、眉頭を寄せた愛しい人と視線がぶつかる。

「莉羅、大丈夫か？」

「來……さん」

私は自分が置かれた状況が理解できず、ぼんやりとした頭でゆるりと辺りを見渡した。

私が横になっているベッドを囲むように白いカーテンが引かれている。どうやらここは病院のようだ。

すると來さんの後ろから顔を覗かせた琴美先生が安心したように息を吐き、私は貧血で倒れたのだと教えてくれた。

「さっき診察を受けた時、採血したでしょ？　その結果を確認したらヘモグロビン値が少し低かったの。鉄欠乏性貧血ね。鉄剤を処方してもらったから忘れず服用すること。いいわね？」

「分かりました……」

「じゃあ、私は仕事に戻るから。後はお願いね」

琴美先生は來さんの肩をポンと叩き、意味深な笑みを残し去っていった。

貧血か……確かにあの時、血の気が引くような感じがした。でも、私が意識を失ったのは、多分それだけが理由じゃない。自ら葬った記憶が蘇ったから……。

思い出してしまった以上、このままというわけにはいかない。私は自分の保身の為に都合の悪いことは全て忘れ、何もなかったことにしてのうのうと生きてきた。そんな私に幸せになる資格なんてないし、ましてや來さんを吉澤の家に縛りつけておく権利などない。今、私が來さんの為にできることは、彼を自由にしてあげることくらい。

決心した私は重い体を起こし、來さんに話があると切り出した。

「なんだ？」

私の頭を撫でた彼が首を傾げ、優しく微笑んでいる。

「來さんは無理せず、好きなように生きてください」

「はあ？　なんだ、それ？」

「今の生活は來さんが望んだものじゃないから。慣れない理事長職で苦労して、あんな記事まで書かれて……來さんの幸せは、ここにはない」

見上げた彼の顔が一瞬にして能面のような無表情に変わる。

「幸せかどうかは、俺が決めることだ」

「分かってる。でも、この状況が幸せだなんてとても思えない。お願いです。明日の理事会で理事長を辞任してください」

そうすれば、もう來さんは苦しまないで済むから……。

「明日の理事会のこと、知っていたのか……」

來さんは、私が理事会に出れば、また辛い思いをすると思い理事会が開催されることを黙っていた。

「理事長を解任されたら、來さんの経歴に傷がつきます。だからその前に辞任して。そして……私と離婚してください」

「……離婚……だと？」

怒りに満ちた視線が刺すように私に向けられる。不穏な空気が漂う中、彼が低い声で問うてきた。

「俺と離婚すれば、莉羅は幸せになるのか？」

「違う……罪を犯した私は幸せになっちゃいけないの」

「意味が分からない。どういうことだ？」

「思い出したの。何もかも全て……母様が亡くなったのは、私のせい。私が母様を死なせてしまったの。それだけじゃない。その罪を隠そうとした。だから私は幸せになっちゃ……」

「莉羅っ！」

言い終わらないうちに私の名を呼んだ來さんに強く抱き締められる。

「思い出したのか？　あの時のことを？」

「えっ……」

來さんは知っていた。私の罪を。しかもそのことを父様から聞いたのだと。父様は私が喘息の治療薬を隠したことに気づいていたのに何も知らない振りをしていた。

「嘘……でしょ？　いつから？　父様はいつからそのことを……」

「お義母さんが亡くなって三ヶ月くらい経った頃、リビングにあるチェストの一番下の引き出しから喘息の治療薬が出てきて気づいたと言っていたよ」

「そんなに早く……」

來さんは愕然とする私を抱き締めたまま「もう自分を責めるな」と呟く。

「誰もお前のせいでお義母さんが亡くなったなんて思っていない」

「でも……」

事実は消えない。私がやったことは人として許される行為ではないのだから。

「自分の目の前で突然母親が亡くなったんだ。その衝撃は相当なものだったろう。そんな大人でも耐えられない状況で六歳の子供が正常な精神状態で居られるわけがない。莉羅は十分苦しんだ。だからもう自分を責めるな」

父様は私がそのことを思い出すのを何より恐れ、このまま記憶が戻らないでほしいと願っていたそうだ。そして來さんも……。

「このことは誰にも言わず、墓場まで持っていくつもりだった」

來さんと父様の優しさが痛い……私は大切なふたりに余計な苦しみを与えてしまった。父様、父様から大切な母様を奪ってしまって、ごめんなさい。そして來さん、私はあなたに迷惑ばかりかけている。私と出会わなければ、來さんは今頃、あの町で大好きなサーフィンをしながら皆と楽しく過ごしていた。こんなに沢山のものを背負わずに済んだんだ……。

「來さん、お願い。本当のことを言って？　來さんの幸せって……何？　あなたは何を望んでいるの？」

どうしてもそのことを確かめたかったから、抱き締められている体を離し、潤んだ目で彼を見つめた。

「俺の……幸せ？」

「うん、來さんのこの胸の中にある本音を聞かせてほしい。私はあなたの為に何をすればいいの？」

目の前の胸にそっと触れ、静かに瞼を閉じる。

私ができることならなんでもする。だから教えて……。

必死に願うも、彼の答えは――「莉羅は何もしなくていい」だった。

「えっ？　何も……？」

「ああ、俺は、お前が笑っていてくれれば、それでいい」

「それ……だけ？」

「それだけとは失礼だな。俺は莉羅の笑顔を見ていられたら最高に幸せなんだよ。だから離婚はしない。不幸になりたくないからな」

両方の口角を上げた彼が私の額に柔らかい唇を押し当てた。

「來……さん」

「それに、俺達が別れたら莉羅の腹の中の子は父親の居ない子になるんだぞ。この子に俺と同じ思いはさせたくない」

「お腹の子って……私が妊娠していること知ってたの？」

來さんが妊娠のことを知ったら本心が聞けなくなると思って黙っていたのに……。

「ここは産婦人科の診察室だ。本田院長から莉羅が倒れたって連絡を受けた時、お前がここに居ると聞いてピンときた」

「そうだったんだ……」

來さんの秘書が廊下で倒れている私を見つけた時、偶然琴美先生がエレベーターから降りてきて、すぐに産婦人科医に連絡してくれたそうだ。その時点で外来の診察時間が過ぎていて他の患者が居なかったので、私が目を覚ますまでここのベッドを借りることにしたのだと。

「産婦人科医から聞いたよ。妊娠二ヶ月なんだってな」

素敵な笑顔だった。來さんは本当に嬉しそうに笑っている。そして笑顔のまま大きな手で私のお腹を優しく撫でた。

信じていいの？　これが來さんの幸せだって。私と家族で居ることがあなたの望みなんだって。

お腹を擦る來さんの手に自分の手を重ねた瞬間、堪えていた涙が零れ落ちる。

本当はね、ひとりでこの子を産んで育てられるのかなって、凄く不安だった。

張り詰めていた気持ちが緩みホッと息を吐くと、涙を拭ってくれた來さんが穏やかな口調で言う。

「じゃあ、次は俺が聞く。莉羅の幸せは？　お前の望みはなんだ？」

「えっ……私？」

「嘘はダメだぞ。正直に答えろ」

私の幸せは、來さんとずっと一緒に居ること。でも、このまま今の生活が続くことを望んでいるかと聞かれれば、なんか違うような気がして……。

「そうだな……私の一番の望みは、來さんと産まれてくるこの子と三人で穏やかに暮らすこと……かな」

本音を吐露すると來さんが頷き、私を広い胸に引き寄せた。

「そうか、それが莉羅の望みか……」

平凡でささやかな望みだけれど、吉澤家を継いだ私には叶わない夢。おそらくその望みは一生叶わないだろう。でもいいの。來さんが居てくれるんだもの……。

彼の腕の中はまるで春の陽だまりのようにとても温かかった。

翌日。本院会議場で臨時理事会が開かれた。

來さんは私の体調を心配して欠席してもいいと言ってくれたけれど、私はどうしても理事会に出席したくて、渋る彼を説得してここに来た。

來さんひとりを矢面に立たせるわけにはいかない。病院経営に関して私はずぶの素人だけど、特別理事として、そして創業者一族の直系の代表として絶対的な権限を与えられている。その力を行使するのは今しかないと思ったからだ。

私にその力を与えてくれたのは、父様。私を医療の世界から遠ざけていた父様が今になって聖明会に関わらせようとしたのには、きっと理由がある。

議場の末席でほくそ笑んでいる伯父さんを見てそう思った。

伯父さんの暴走は絶対に許さない。私が來さんを守るんだ。

そろそろ会議が始まる時間だが、議事進行をする議長の姿がまだない。

時間に厳しい琴美先生が連絡もなく遅れるなんてあり得ない。もしかしたら病院の方で何か問題でも……。

「本田院長が見えるまで、もう少し待ちましょう」

來さんの発言があってから十数分後、痺れを切らした伯父さんが立ち上がる。

「いつまで待たせる気だ！　他の理事は多忙な中、スケジュールの調整をしてここに来ている。本院の院長は私達をバカにしているのか！」

琴美先生が他の理事の人達を軽んじているなんて言いがかりだ。でも、確かに遅い。

來さんも心配になったのだろう。琴美先生に連絡を取るよう秘書に命じている。が、その時、伯父さんが「もう待てない！」と声を荒らげた。

「本田院長が来ないのなら、議長は他の者にやらせればいい。理事会を始めるぞ」

他の理事も時間を気にし始めた。仕方なく承諾した來さんが本院の次に規模が大きい神奈川《かながわ》総合病院の鈴木《すずき》院長を議長に指名し、理事会が始まった。

一番初めに発言したのは伯父さんだった。

「今回の臨時理事会で話し合うべきことは、ただひとつ。次の理事長を誰にするかということだ」

伯父さんは、騒動を起こして病院の信用を失墜させた來さんに責任を取って理事長を辞任しろと強く迫った。

「心配しなくても、私が理事長職を引き継いで聖明会をまとめていく。元々は、長男の私が聖明会と吉澤の家を継ぐはずだった。私が正当な後継者なんだよ」

來さんは腕組みをし、落ち着き払って伯父さんの話を聞いている。しかし他の理事の表情からは明らかに動揺の色が見て取れ、忍び声が聞こえてきた。

「理事長解任は仕方ないか……」

「やはり聖明会を継ぐのは吉澤家の血を引く者でないと……」

流れは完全に伯父さんに傾いている。なんとかしないと……。

汗が滲んだ手を握り締めると、議長代理の鈴木院長が來さんに視線を向ける。

「理事長のご意見も聞かせて頂けますか？　雑誌掲載の記事についておっしゃりたいことがおありでしたら、決を採る前にお願い致します」

「分かりました」

周りを見渡した來さんが姿勢を正し、何か言おうとしたその時、議場のドアが開いて琴美先生が駆け込んできた。

「遅くなり申し訳ございません」

「随分、ゆっくりでしたねぇ。本院の院長は特別なようだ」

琴美先生は伯父さんの嫌味たっぷりな言葉を歯牙にもかけず、來さんに一礼すると議長席に座る鈴木院長に詰め寄り、今すぐ報告したいことがあると言う。

「理事長から雑誌の記事について説明があります。その後ではいけませんか?」

「是非、その前に……とても重要な内容ですので」

「と言うと?」

「問題になっている理事長の医療事故について、新たな情報が入りました」

一瞬にして來さんの顔が強張る。彼は明らかに動揺していた。その様子を見た伯父さんが冷笑を浮かべる。

「いいんじゃないか? 本田院長の報告とやらを聞こうじゃないか」

議長も琴美先生の発言を認めたが、來さんが蒼白になって反発した。

「本田院長、それはどうしてもここで言わなければならないことですか?」

「そうです。聖明会の為にも事実を明らかにする必要があります」

琴美先生は既に覚悟を決めている。対して來さんは琴美先生の発言は許可できないと声を荒らげ突っぱねた。

來さんと琴美先生が対立している。これはいったいどういうこと?

ただひとつ分かっているのは、來さんは琴美先生が何を言おうとしているのか気づいているということ。

來さん、あなたがこれほどまで抵抗して隠しておきたい秘密って……何?

心の中でそう問いかけた時、琴美先生が來さんを直視して声を張り上げた。

「理事長は医療事故など起こしていない。そうですよね？」

えっ……？

「ミスをしたのは理事長から投薬の指示を受けた看護師。あなたはその看護師を庇って自分のミスだと院長に報告した」

「來さん……本当なの？」

しかし來さんは何も答えず私から目を逸らした。そんな來さんに構わず琴美先生は話を続ける。

「でも、理事長が看護師に投薬の指示をしていたところを見ていた人が居た。その看護師の上司、看護師長です」

看護師長が真実を院長に伝えミスをしたのは來さんではないと証明されたが、來さんは自分のミスということにしてほしいと院長に懇願した。

「理事長はミスをした看護師がこの一件で職を失うのではと思った。だから庇ったんですよね？　看護師の家庭事情を知っていたから……」

「……そこまで調べたんですか」

脱力して肩を落とした來さんが小声で呟く。

看護師の女性の家は母子家庭でネグレストだった。母親は女性が高校生の頃に付き合っていた男性の元に行き、養育を放棄する。残された女性は年の離れた弟を養う為看護師になった。医療事故を起こした時、看護師の弟はまだ中学生で、一ヶ月後に高校受験を控えていた。

「理事長は医療事故を起こして海外に逃げたわけではありません。意識不明になった患者さんの治療に全力を尽くし、退院を見届けてから罪を全て背負って病院を辞めた。これが真実です」

隠されていた事情が明らかになり、理事の間にざわめきが広がる。そして聞こえてきたのは、それが事実なら理事長を辞める必要はないのではという声。

來さん、やっぱりあなたは患者さんを見捨てて逃げるような人じゃなかった。

議場に居る全員が納得するも、伯父さんだけはまだ納得していないようで……。

「口ではなんとでも言えるからねぇ。作り話ということもある。その話が本当だという証拠はあるのかね？」

「そういうお考えの方もいらっしゃると思い、ある人物をお呼びしております。どうぞ、お入りください」

琴美先生が議場の入り口に向かって声をかけるとドアが開き、小柄な女性が俯き気味に部屋に入ってきた。

「嘘……だろ？」

そう言ったのは來さん。彼は瞬きするのも忘れ、女性を凝視している。

「今お話しした看護師に来て頂きました」

女性は医療事故を起こしたことを認め、來さんに詫びた。だが、來さんの表情は硬い。

「本田院長、どうして彼女を連れて来たのですか？　ここまでする必要はないでしょう？」

來さんは女性を晒し者にしていると思ったようで、怒りを露わにする。でも、ここに来ることを望んだのは看護師の女性だった。

「雑誌の記事を読んでショックでした。真実を明らかにして先生の汚名を返上したいと思っていたのですが、どうすればいいか分からなくて……」

思案した結果、女性は來さんが理事長をしている病院に行こうと決め、今朝、本院に来たそうだ。

「そうしたら、そちらにいらっしゃる院長先生が対応してくださって、話を聞いてくれたんです」

女性は全てを話した後、琴美先生にどうしても行きたいところがあると言った。

「あの雑誌を出している出版社に行って、記事は間違いだと伝えたかった」

琴美先生は女性と出版社に行き、事の真相を説明して記事は誤報だと認めさせ、訂正、及び謝罪文の掲載を約束させた。

「顧問弁護士にも同行してもらって誓約書も書かせたから、近々理事長の潔白は証明されるはず」

私達の知らないところで女性と琴美先生は一生懸命動いてくれていたんだ。

ふたりにどうしても感謝の気持ち伝えたくて立ち上がるも、背後から來さんの困惑した声が聞こえる。

「本当にこれで良かったのか？」

來さんの心配をよそに女性は明るい声で「はい」と答えた。

「先生が気にかけてくださった弟、今年専門学校を卒業して就職したんです。その弟に相談したら言われました。受けた恩は返さなきゃいけないって。もしこのことが世間に知られて私が看護師を続けられなくなったら、今度は自分が姉さんを支えるからって……だからこれで良かったんです」

女性は來さんに感謝の言葉を述べると清々しい笑顔を残し議場を出て行った。

女性の勇気ある告白で來さんの潔白は証明され、もう彼に疑念を持つ理事は居ない。

ただひとり、伯父さんを除いては。

「事実がどうかというより、世間を騒がせたことが問題なんだ」

引っ込みがつかなくなった伯父さんが負け惜しみを言ってふて腐れている。

全員が伯父さんの発言をスルーしたが、來さんだけがその負け惜しみに反応した。

「確かに私は皆さんに真実を隠し、世間を騒がせました」

なんだか來さんの様子がおかしい。妙な胸騒ぎがする。

「その責任を取り、私は本日付けで聖明会の理事長を辞任し、病院も退職します」

えっ……來さんが理事長を辞任？　病院も辞める？

疑惑が晴れ一件落着だと安堵した後の突然の辞任劇に誰もが言葉を失った。

「理事長、何を言っているんですか？　ここに居る者はそんなこと望んでいません！

発言を撤回してください」

琴美先生が血相を変えて叫ぶも、來さんは理事会が始まる前から決めていたことだと辞任撤回を拒否した。

「來さん……どうして？」

戸惑いつつ尋ねた私に、彼は満面の笑みで答える。

「これからの聖明会について考えてみたんだ。誰が舵取りをすれば聖明会は発展していくかと。すぐに答えが出たよ。聖明会を一番大切に思っている人物に理事長を任せればいい……」

「聖明会を一番大切に思っている人物……？」

來さんの言葉を復唱した時、私の視線はある人に向いていた。

「そう、聖明会を誰よりも愛し、前理事長が絶大な信頼を寄せていた、本院院長の本田琴美先生。私はあなたを次期理事長に推薦します」

やはりそうだった。私の視界の中心に居たのは、琴美先生。しかし琴美先生はあり得ないと大きく首を振る。

「なぜですか？　私は本田院長以外、考えられないのですが……」

そこに割り込んできたのは伯父さんだった。

「本田院長が本院の院長になっただけでも異例の人事だと言われたんだ。それを理事長などと……バカも休み休み言え！」

「異例の人事ということは、本田院長がそれだけ優秀だということ。少なくとも理事会で末席に座るあなたよりは……」

來さんもなかなか言う。でも、その通りだ。父様は琴美先生が医師として優秀だから本院の院長に抜擢したんだ。そして琴美先生は大胆な改革を行い父様の期待に応えた。職員の離職率が大幅に下がったのは、琴美先生がいち早く働きやすい環境作りに取り組んだから。何より、医師になって二十五年間、聖明会一筋で病院に尽くしてくれた。こういう人こそ、理事長にふさわしいのでは……。

來さんの考えに納得するも、嫌味を言われた伯父さんの怒りは収まらない。

「弟の気まぐれで、たまたま理事長になったヤツが偉そうなことを言うんじゃない！」

……気まぐれで、たまたま？

「伯父さん、それは違います」

さすがにこの言葉は聞き流すことができなかった。

「父は來さんを認めたから私の結婚相手に選んだんです。でも、父はひとつだけ判断を誤った。それは、一番理事長にふさわしい人物が傍に居たのに気づかなかったこと。私も本田院長を理事長に推薦します」

これでいい。聖明会のことを誰よりもよく分かっている琴美先生に理事長になってほしい。

「莉羅までそんなことを……聖明会の理事長は吉澤家から出すと決まっているんだ！忘れたのか？」

忘れてなんかない。ちゃんと覚えてる。

「本田院長は、父の妻です」

「莉羅ちゃん……」

私は呆然としている琴美先生に微笑みを向けた後、素早く伯父さんに視線を戻した。

「本田院長は父と婚約していました。父が生きていたら本田院長は吉澤家の人間になっていたんです」

その事実を初めて知った理事の人達が仰天してざわめき立つ。一瞬伯父さんの顔色も変わったが、その動揺を隠すように声を張り上げた。

「それがなんだと言うんだ？　法律上認められた夫婦でなければ、本田院長を吉澤家の者と認めるわけにはいかない」

「法律で認められていなくても、琴美先生は私の母です！」

私の声が議場に響き渡ると伯父さんの後ろに居る琴美先生の瞳から一筋の涙が零れ落ちる。震える唇から発せられた声は聞こえなかったけれど、私には「有難う」と言っているように見えた。

違うよ。感謝しなきゃいけないのは私の方。琴美先生、今まで母様の代わりに傍に居て私を守ってくれて、有難う。今度は私が琴美先生を守るから……。

その後の話し合いで來さんの理事長辞任が認められ、新理事長の選出が始まった。

自ら立候補した伯父さんと、私と來さんが推薦した琴美先生との一騎打ち。が、結果は火を見るより明らかだった。

「選挙の結果、新理事長は本院の院長、本田琴美先生に決定致しました」

議長の発表の後、議場は大きな拍手に包まれる。琴美先生が戸惑いながら立ち上がり挨拶をしようとした時、またもや伯父さんが嫌味を言う。

「弟をたぶらかし、莉羅を手懐け、聖明会の理事長になるとはな……大した女だ」

その言葉に怒りが込み上げてきて全身がわなわなと震えた。

なんとかしないと……この人が理事で居る限り、理事長の琴美先生に苦労をかけてしまう。もう決断するしかない。

私は議長に発言の許可を貰い立ち上がると、伯父さんを凝視した。

「平賀総合病院、吉澤院長、本日付けで聖明会理事を解任します」

「はあ？　何言ってんだ？」

「ご存じのはずです。創業者一族の代表だけが就任することができる特別理事は理事を解任する権限を持っているということを。今その権限を行使し、吉澤院長を解任します」

理事会が終わり本院を出た私と來さんは、実家に向かう車の後部座席でどちらかともなく指を絡めた。

「これで良かったんだよね？　來さん」

「ああ、そうだな。でも、お前があんな強気な発言をするとは思わなかったよ。かっこよかったぞ……莉羅」

來さんのお陰だよ。世間知らずの私を強い大人にしてくれたのは來さんなのだから。大切な人達を守る為なら私はなんだってできる。

そして車窓から星のない空を見上げ、父様にも『これで良かったんだよね？』と同じ質問をした。もちろん答えは返ってこなかったけど、夜空に浮かんだ父様の顔は穏やかに微笑んでいるように見えた。

父様が私を特別理事にしたのは、伯父さんから來さんを守る為だったんだよね？

でもそのお陰で琴美先生も守ることができた。それが何より嬉しい。

それとね、父様が來さんに全てを委ねようとした理由が分かったような気がするの。

父様は私を守る為、おばあちゃまに『人殺し』と罵られても決して真実を話さなかった。來さんもあの看護師の女性を庇い、自分がどんなに不利な立場になっても彼女のことを語らなかった。ふたりは似ている。父様はそう思ったんじゃないかな。だから私との結婚を認めて聖明会を任せようとした。でも……。

「やっぱり來さんは、理事長がイヤだったんだね」

辞意を表明したのは、來さんが自分の気持ちに素直になったからだと思っていたのに、彼の答えは「そんなことはない」だった。

「俺は吉澤先生との約束を守っただけだ」

「どういうこと？」

「俺が聖明会の理事長になることを吉澤先生が望んだから俺は理事長になった。でも、吉澤先生が一番望んでいたのはそんなことじゃない」

「そんなことじゃないって……じゃあ、父様の真の望みはなんだったの？」

「莉羅が幸せになること――。それが分かっていたから俺は理事長を辞めたんだ」

ちょっと意味が分からない。

首を傾げると來さんが「ふふっ」と笑った。

「莉羅の一番の望みは、産まれてくる子と三人で穏やかに暮らすことって言ってたよな?」

「う、うん……」

「その望みが叶えば莉羅は幸せになれる……だろ?」

「そうだけど……」

「で、考えたんだ。莉羅が穏やかに笑顔で暮らせるところはどこだろうって……」

私の手を握る來さんの手に力が籠もる。

「それは、お前が一番笑っていた場所。俺達が出会った……あの町」

「えっ……」

「俺達の家に帰るぞ! 香苗さんの家に」

「ええっ!」

第八章　運命は繰り返す？

――三年後。海岸通り診療所。

「俊造じいさん、また血圧の薬飲み忘れたな？　今度飲み忘れたら診療所を出禁にするからな！」

「もう～來さん、そんなこと言わないの」

怒鳴る俺の前で淡いピンクのスクラブを着た莉羅が呆れたように笑い、俊造じいさんに杖を渡している。

「そうそう！　年寄りを虐めるな。莉羅ちゃんは優しいけど、來先生はすぐ怒るから嫌いだ」

「なら、来るな」

俺の機嫌が悪いのは、俊造じいさんが降圧薬を飲み忘れたからじゃない。さっきから隣に立つ莉羅の手首を掴んでいるからだ。

「最近、膝の調子が悪くてな。莉羅ちゃん、立たせてくれるかい？　ついでに家まで送ってくれると有難いんだが……」

「いいですよ～」

フラついた俊造じいさんが今度は嬉しそうに莉羅の腰に手をまわす。

このエロじじぃ、わざとやってるな。

「さっき診察室に入ってきた時は普通に歩いてたろ？　俺の妻に気安く触るんじゃない！」

デスクを叩いて怒鳴ると看護師の武藤《むとう》さんが「やれやれ」と呟き、俊造じいさんの両脇に手を入れてひょいと持ち上げた。

「俊造さん、來先生は嫉妬してるの。奥さんのことになると子供みたいにムキになるんだから……ホント困ったものよ」

「なっ、俺は嫉妬なんて……」

「してます。バレバレです。それと、奥さんも診察中は來先生を刺激しないように」

「はあ……」

これが今の日常だ。聖明会の理事長を辞任し、本院も辞めた俺は莉羅を連れ、再びこの町に戻ってきた。

実は、あの理事会の直前、診療所を任せた後輩医師の北村が夜逃げしたと、凪から電話があったのだ。へき地医療に興味があると言っていたが、都会育ちの北村には不便な田舎の生活は耐えられなかったのだろう。

逃げ出した数日後、北村から電話がかかってきて、偉そうなことを言って診療所を任せてもらったのに申し訳ないと平謝りされた。で、俺はまたこの診療所で働き出した。

以前と違うのは、莉羅が診療所の受付を手伝うようになったこと。そして莉羅によく似た大きな瞳の愛らしい娘。波未《なみ》が生まれたことだ。

凪が生まれた時も可愛いと思ったが、波未の可愛さはそれの比ではない。例えるなら、天から舞い降りた可憐な天使。その天使を初めて抱いた時の感動を俺は一生、忘れないだろう。そして俺を愛しい天使の父にしてくれた莉羅には感謝しかない。

「また武藤さんに怒られちゃったね」

診察時間が終わり、戸締まりをして診療所を出た俺と莉羅は松林沿いの道をふたり並んで歩き出す。

「ったく、俺があんなじいさんに嫉妬とか、あり得ないだろ？」

「でも、私は嬉しかったな。來さんがまだ嫉妬してくれるんだって思ったらドキドキしちゃった」

バカ……莉羅は何も分かってない。俺にとってお前に触れる男は皆敵。嫉妬は日常茶飯事だ。それより、そんなキラキラした目で見るな。俺の方がドキドキするだろ。

正直、お前が診療所を手伝うと言った時、俺は反対だった。

莉羅には、好きなことをして穏やかに暮らしてもらいたい。そう思っていたからだ。

しかし莉羅はどうしても診療所で働きたいと言う。香苗さんも莉羅が働いている間、自分が波未の面倒を見るからと、莉羅が仕事をすることに賛成した。

『莉羅がそうしたのなら構わないが……なんで急に……』

『だって、來さん、診療所で仕事して疲れているのに、帰って来ると波未の世話をいっぱいしてくれるでしょ？　お昼休みも波未にご飯を食べさせてお昼寝の時間になると添い寝までしてくれる』

『当然だろ？　俺は波未の父親なんだから』

『それに、波未が生まれたばかりの頃、私、おっぱいが出なかったから夜中の授乳は來さんが三時間おきに起きてミルクを作ってくれた。あの時はまだ体が本調子じゃなかったからホントに嬉しかったの』

『俺は莉羅の夫だ。妻が辛い時に呑気に寝ていられないだろ？　それより、莉羅が働くこととそれがどういう関係があるんだ？』

『診療所は今、大変でしょ？　來さんが私を助けてくれたように、今度は私が來さんを助けるの。私が診療所を手伝ったら、來さんは雑用とかしないで済むもの』

そういうことか……つい最近まで、診療所には受付と事務を担当してくれていたパートの女性が居た。だが、夫の転勤で辞めてしまい、そのパートの女性がしてくれていた掃除などは俺がするようになっていた。

『私が手伝うから、來さんは患者さんの治療に専念して』

そこまで言われたら頷くしかない。

莉羅、お前は優しいな。でも、莉羅が診療所で働くようになって俺は気が気じゃない。俊造じいさんみたいな男やもめがやたらとお前に触りたがるからだ。雑用が減って体は楽になったが、精神的疲労が半端ない。


「あ、いいもの見っけ!」

道の隅に落ちていた松ぼっくりを拾い、波未の土産にするとはしゃぐ莉羅が堪らなく愛おしい。そしてその松ぼっくりをうっかり落とし、自分で踏みつけてボロボロにしてしまうドジなところもまた可愛い。

「あぁ~、バラバラ事件だ」

「悪いが、俺は松ぼっくりは治療できないぞ」

「でも、落ち込んだお前をたっぷり甘やかして慰めてやることはできる」

莉羅の頬がポッと赤くなったのがはっきり分かった。はにかむ顔もそそられる。我慢できず、彼女の肩を抱き寄せ火照った頬に唇を押し当てた。

「やっ……こんなところで……誰かに見られたらどうするの？」

「見られたって構わないさ。これはれっきとした治療……莉羅限定の特別な治療だ。元気になったか？」

ボロボロになった松ぼっくりを握り締めた莉羅がこくりと頷き、もう片方の手で俺の手を強く握る。

「この町に戻ってきて良かったな。私の主治医はスーツより白衣の方が似合っているもの」

「俺もそう思う」

香苗さんの家の玄関先まで来ると家の中から賑やかな笑い声が聞こえてきた。キッチンに居たのは、波未を抱いた香苗さんと、凪と美弥親子。そして寺っちだ。

「どうした？　皆揃って」

「香苗ばあちゃんがすき焼きするから食べに来いって誘ってくれたんだ」

「だよね……」

エプロンをした凪が忙しく食事の用意をしながら笑顔で言う。

凪も大きくなった。もう小学六年生か……ここに住んでいた頃は香苗さんに借りたエプロンを引きずりながら飯を作ってくれていたが、今は身長が伸びて膝丈だ。

そんな凪から箸を受け取った香苗さんが膝の上でウトウトし始めた波未の頭を撫でながら優しく微笑む。

「今日は達志さんの月命日だからね。好物のすき焼きがいいと思って」

ここに帰ってすぐ、莉羅は蘇った記憶を香苗さんに話し、吉澤先生は自分を庇ってくれていたのだと説明した。今まで吉澤先生をなじっていた香苗さんは愕然とし、酷いことを言ってしまったと泣き崩れた。

それから香苗さんは吉澤先生の位牌に毎朝手を合わせ、誤解していたことを詫びている。その後ろ姿を莉羅は目に涙を溜めて眺めているのだ。

吉澤先生が生きている間に叶わなかった父と祖母の和解。そのことは悔やまれるが、莉羅は誤解が解けたことを心の底から喜んでいる。でも、一番喜んでいるのは莉羅の母、澄香さんかもしれないな。

「あ～あ、とうとう寝ちゃったねぇ」

香苗さんに抱かれた波未が寝息を立て始めた。

波未は俺と莉羅が診療所から帰るといつも玄関で迎えてくれるのだが、今日は凪と浜で走り回って遊んでいたらしく、疲れて早々と眠ってしまったようだ。

「仕事が終わったら粘土ででっかい魚を作るって約束してたのに……なんだ……寝ちまったのか」

俺が零すと莉羅がくすりと笑い、香苗さんから波未を受け取り抱き上げる。

「残念でした。おばあちゃま、波未をおばあちゃまの部屋に寝かせていい？」

「ああ、構わないよ。二階だと目を覚ましても分からないからね」

波未を抱いた莉羅がキッチンを出て行った後、美弥が寺っちに何やら耳打ちしながら俺をジッと見ているのに気づく。

「なんだよ？」

「來が粘土遊びねぇ～、想像したら笑えてきた」

「だな、クールだった來が今では波未ちゃんにデレデレのパパだもんな」

「ふん！　ほっとけ」

好きなだけ笑えばいいさ。今の俺は、波未と全力で遊ぶことが最高の幸せなんだよ。

気にせずザルに入った卵を手に取ると、ケラケラ笑っていた美弥が急に真顔になり、俺に頼みがあると言う。

「相談なんだけど……莉羅ちゃんさぁ、今週いっぱい午後からの仕事休みにできないかなぁ？」

「はあ？　なんでだよ？」

「日曜日のサーフィン大会まで後五日でしょ。どうしてもマスターさせたい技があるんだけど、仕事してたら練習する時間が限られちゃうの。ねっ！　お願い！」

去年、莉羅は寺っちに勧められてまたサーフィンを始めた。それを見た美弥が、莉羅はセンスがいい、波乗りの才能があると言い、コーチを買って出たのだ。

美弥の目標は、莉羅をサーフィン大会の一般女性部門で優勝させること。だが、昨年は惜しくも二位。優勝したのは麻里奈だった。それが美弥の闘争心に火を点けた。

美弥は昔から麻里奈とそりが合わず、犬猿の仲。加えて麻里奈が俺と莉羅を別れさせようと無謀な賭けを持ちかけ、莉羅をこの町から追い出したと寺っちから聞き、激高した。

「今年こそはなんとしても莉羅ちゃんを優勝させて、あのくそ生意気な麻里奈をギャフンと言わせてやりたいの。だから、この通り。いいでしょ？」

美弥が顔の前で手を合わせた直後、莉羅がキッチンに戻ってきた。莉羅は美弥の話を聞いていたようで、困惑気味に首を振る。

「美弥さん、それはダメですよ。仕事は休めません」

「だけど、莉羅ちゃんも言ってたじゃない。麻里奈に勝って優勝するのが夢だって」

「でも……そんな勝手な理由で仕事を休むなんて、やっぱりダメです」

莉羅は出会った頃と何も変わっていない。相変わらず天然で不器用だが、責任感が強く受付の仕事も育児も一生懸命だ。

「莉羅がサーフィンの練習をしたいなら、診療所を休んでもいいぞ」

莉羅が診療所で働くまでは、俺と看護師の武藤さん、ふたりでなんとかやっていた。莉羅が数日抜けてもなんとかなる。しかし莉羅は給料を貰って働いている以上、そんなことはできないと頑なだ。

食事が終わり皆が帰ると、香苗さんは波未の様子を見てくると自分の部屋に向かう。

結局、波未は食事中、一度も目を覚ますことなくぐっすり眠っていた。

「波未、よく寝てるよ。今日はこのまま私の部屋で寝かすから、あんた達は晩酌でもしてゆっくりすればいいよ」

香苗さんもたまにはひ孫と一緒に寝たいのだろう。満面の笑みで自分の部屋に戻っていった。

久しぶりに莉羅とふたりで過ごす静かな夜。

「莉羅、一緒に風呂に入るか？」

「えっ！」

莉羅が仰天して手に持っていたビールグラスを落としそうになる。

「そんなに驚くことはないだろ？　俺達は夫婦なんだから一緒に風呂に入ってもなんの問題もない。いつもは俺が波未を風呂に入れているから、こんな時くらいしか一緒に入れないだろ？」

「で、でも……」

耳まで真っ赤になった莉羅がモジモジしながら上目遣いで俺を見た。

だからそんな目で俺を見るな。俺まで恥ずかしくなる。

結婚して四年、波未が生まれて二年になるが、莉羅は未だに初心な少女のようだ。

「先に風呂に入っているから、後から来い。いいな？」

有無を言わさず席を立つと、ひとりでバスルームに向かった。しかし湯舟に浸かって十分ほど経っても莉羅は姿を現さない。

あの様子じゃ、来ないかもな……。

半分諦めた時、磨り硝子に人影が映り、ドアがゆっくり開いた。

「來……さん」

湯気が立ち込める浴室に足を踏み入れた莉羅が恥ずかしそうに肩を窄めている。

「こっち来いよ。洗ってやるから」

冷静にそう言ったが、俺は確実に動揺していた。

華奢なところは変わらないが、出産を経験し、その体は確実に大人の女へと変化していたからだ。莉羅がコンプレックスだと言っていた控えめな膨らみは丸みを帯び、腰のラインは綺麗な曲線を描いている。

もちろん、波未が生まれてからも数えきれないくらい莉羅を抱いたが、莉羅は未だに明るい場所で裸体を見られるのを恥ずかしいと言う。それに、隣の部屋で眠る波未が目を覚まし泣き出すのではと心配する莉羅の気持ちを思うと、時間をかけることができず、繋がることを優先してきた。

そのことに不満があったわけではない。ただ……。

「こんな綺麗な体を堪能せずお前を抱いてきたとはな……勿体ないことをしたよ」

「ヤダ……來さん、褒め過ぎです」

照れる莉羅をバスチェアに座らせ、たっぷりの泡で背中を優しく洗う。不意に触れた肌は滑らかで柔らかい。そしてとても熱かった。莉羅の緊張が伝わってきて一瞬手が止まる。

「ほら、力抜けよ」

そう言う俺も体の奥から湧き上がってくる劣情を必死に堪えていた。ヤバいな……と思った時、莉羅が遠慮気味に振り返る。

「だって、こんなの初めてだから……」

微かに震えた声と切なそうに目尻を下げた妖艶な瞳。堪らずゴクリと喉が鳴る。

その顔は反則を通り越して罪だ。

「でもね、來さんと一緒にお風呂に入ってみたかったの。だから毎日、來さんとお風呂に入ってる波未が羨ましかった……」

「莉羅……お前……」

「あ……ごめんなさい。私、変なこと言っちゃった」

「バカ……そういうことは、もっと早く言え」

莉羅が纏っていた白い泡をシャワーで勢いよく流すと細い腰に手をまわし、湯舟へと誘う。後ろから覆い被さるように抱き締めてやると莉羅が俺の腕に頭を乗せ「嬉しい」と呟いた。

「お前がいいって言うまで、こうしててやるから……」

ただし期限がある。俺の抑えが利くまで……欲心が理性に勝つまでだ。

しかし三分も持たず、十分後には二階の俺達の部屋で莉羅のぷっくりとした柔らかい唇を奪っていた。

俺の理性はこんなにもひ弱だったのか……。が、今は反省会をしている余裕はない。

俺は確実に目の前の一糸纏わぬ妻に欲情していた。

「明日は寝不足になるが、いいか？」

耳孔に熱い息を吐きかけながら問うと、「うん……」と恥ずかしそうに頷く。

許しが出たんだ。もう遠慮はしない。

莉羅の後頭部を抱え、少し強引に唇を割ると、狭い口腔内をかき混ぜ、短めの舌に自分の舌を巻きつけた。貪るような濃厚なキスの合間に可愛い声が響き、その声をもっと聞きたくて下唇を吸い上げる。

莉羅の唇……マシュマロのように柔らかい。溶けてしまいそうだ。

そのまま顎から首筋へと滑らかな肌にキスを散らせば、細身の体がビクンと跳ね、俺の背中にまわした手に力が籠もった。

お前も欲しいんだな……。

懇願するような熱を孕んだ瞳を見つめ、膨らみが増したまろやかな胸を舌先で優しく愛撫してやると背中の莉羅の指が俺の肌を掻き、爪がめり込む。その痛みさえ愛おしく思えるほど、俺の気持ちは上気していた。

「來さん……もう……お願い」

その言葉の直後、ねだる莉羅の中に熱い欲望を沈め、俺達は快感を共有した。

重なった体が揺れる度、濡れた唇からは艶やかな声が漏れ、目尻に浮かんだ微かな涙がキラリと光る。

もっと啼かせたい……。

俺は貪欲に莉羅を求め、愛を注ぎ込む。

愛しい莉羅……俺は一生、お前の虜だ。


時間を忘れ愛し合った俺達は疲れ果て、余韻に浸りながら眠りについた。だが、まだ暗いうちに目が覚める。

「三時半か……」

隣の莉羅はどんな楽しい夢を見ているんだろう。ゆるりと口角を上げ、微笑んでいるように見える。その笑顔を見ただけで胸が熱くなり、この上ない幸せを感じた。

俺は莉羅を起こさぬようゆっくり布団が出ると窓の膳板に腰を下ろし、カーテンを開けて空を見上げた。

いつか莉羅とここで一緒に星を見たな……そう、お前はオリオン座の三つ星が見たいと言っていたんだ。莉羅は探してくれていたんだな。夢で見た俺を……。

懐かしく思いつつ目を細めた時、背後から莉羅の声が聞こえる。

「オリオン座、見える？」

「莉羅……」

「なんか目が覚めちゃった。この時間なら見えるよね。オリオン座」

莉羅が窓を開けると、東の空にお目当ての三つ星が輝いていた。

「あの三つ星が私と來さんを引き合わせてくれたのかも……」

無邪気な声に頷き、暫し空を見上げる。その時、ふと思った。

莉羅があの夢を見て俺を探していたのではなく、俺があの夢でお前を呼んでいたのかもしれないと……。俺は、ずっと莉羅を待っていた。そして様々な偶然が重なって俺達は今、一緒に夜空を見上げている。ある意味、奇跡だな。

「なぁ、莉羅、明日から診療所を休んで美弥にサーフィンを教えてもらえ」

「それは、もう……」

「いいからそうしろ。本心は優勝したいって思ってんだろ？」

「あ……」

昨年、麻里奈に負けて二位になった時、莉羅は本当に悔しそうに泣いていた。今年もサーフィン大会に出ると決めた時から、プロサーファーの配信動画をこっそり観ていたのも知っている。

「俺は、莉羅が優勝して喜んでる顔が見たい」

「本当に……?」

「ああ、俺も絶対優勝する。だから莉羅も、勝て」

——サーフィン大会当日。

雲が少し出ているが天気はいい。風もそれほど強くない。しかし波は思ったより高い。

三日前、南の海上に台風が発生し、今日のサーフィン大会の開催が危ぶまれていた。この町は台風の進路から外れていて直撃の心配はないが、全く影響がないというわけではない。沖に波消しブロックが設置されていないこの海岸は普段から波が高く、台風が接近すると大波が押し寄せてくる。それが魅力で全国のサーファー達が多く集まってくるのだが、時に自分の実力を過信して事故に繋がることもある。

ゆえに行政側も慎重で、大会の主催者に開催の許可が下りたのは、今朝の五時。しかしキッズ部門とビギナー部門は中止になった。

「師匠、悔しがってるだろうな。今年優勝したらキッズ部門、六年連続優勝で大会新記録だったのに……」

ボードを抱えてサーフィン会場に向かう途中、堤防の上で足を止めた莉羅が残念そうに零す。

「アマチュアの大会は素人や子供も多い。出場者の安全を最優先に考えないといけないからな」

「でも、師匠は小六だけど、体は私より大きいし、テクニックも上だよ」

「まあな、凪はちょっと可哀そうだったな」

白波が立つ海を眺め歩き出すも再び莉羅が立ち止まった。

「オンショア……だね」

オンショアとは、海から陸に向かって吹く風のこと。反対に陸から海に吹く風をオフショアと呼ぶ。サーフィンでは、あまり強くないオフショアの風が望ましい。陸からの風が波の斜面を滑らかにし、ライディングしやすくなるのだ。

だが、条件は皆同じ。その中でいかにいい波を選ぶかが勝敗を決める。

「台風が接近しているから仕方ない。ただ、無理だけはするな。いいな？」

「はい」

「後で香苗さんが波未を連れて応援しに来るって言ってたから頑張らないとな。波未にママのかっこいい波乗り見せてやれ」

「うん！」

浜に下りると既に多くのサーファーが大会開始を待っていた。

莉羅が出る一般女性部門が始まるのは三十分後だ。

受付で登録を済ませて観覧エリアに行こうとした時、前から見覚えのある女が歩いてくるのが見えた。

「あら、夫婦仲良くて結構なこと」

「麻里奈……」

「ふふっ……今年は直接対決ね。でも優勝するのは私だから。また去年みたいに大泣きさせてあげる。來君、奥さんのこと慰めてあげてね」

相変わらず嫌味なヤツだ。

今年も例年通り、競技方法はスリーメン・ヒート。三人が同時に競技を行う。

さっき受付で、莉羅と麻里奈が同じ最終組で競技すると知り、莉羅の顔が一瞬引きつったように見えた。

高笑いしながら去っていく麻里奈の背中を目で追いながら、隣に居る莉羅に気にするなと声をかけるも、予想に反して莉羅は笑顔だった。

「全然気にしてないよ。優勝するのは私だもん」

「ほぉ～、自信満々だな」

昔の莉羅なら、あんなことを言われたらブルブル震えて萎縮していた。随分強くなったな……。

感心していると誰かに後ろから体当たりされ、その衝撃で俺と莉羅、ふたり同時に前につんのめる。

「当たり前じゃない。麻里奈なんかに負けるわけないでしょ！　元プロの私が五日間、つきっきりで指導したんだから」

「なんだ、美弥か……」

美弥の後ろには口をへの字に曲げた凪が立っていた。

「師匠、残念だったね。来年は一般部門に出られるから頑張ってね」

莉羅が慰めるも凪が怒りに任せ怒鳴る。

「そもそも俺がキッズ部門っていうのが間違ってる。来年は一般部門で絶対優勝するからな！」

おいおい、俺も出るんだぞ。せめて二位にしとけ。

苦笑した刹那、香苗さんが波未の手を引きやって来た。俺達を見つけた波未が香苗さんの手を離し駆け寄ってくる。

「ママしゃま！」

波未は莉羅が自分の両親を父様、母様と呼ぶので、莉羅をママ様、俺をパパ様と呼ぶようになった。が、まだ活舌が悪く〝様〟が〝しゃま〟になっていた。それが可愛くて堪らない。

莉羅が波未を抱き上げ「ママ、頑張るからね」と頬擦りすると、波未が覚えたての「えいえいおー！」で応えている。小さな握り拳を天に突き上げて応援する姿が健気でいじらしい。

「さあ、波未、おいで。ママが今から波乗りするから一緒に見よう」

両手を差し出すも波未はイヤイヤと首を振り、俺の後ろを指差した。

「なぎ、だっこ！」

はあ？　なんで凪なんだ？

「ったく、しゃあねぇなぁ～」

凪がまんざらでもないという顔で波未を抱くと、波未は嬉しそうに凪の頭を撫でまわしてキャッキャと声を上げる。

気に入らない……波未の父親は俺だぞ。

モヤモヤとイライラで冷静さを失いかけた時、大会の開会式を知らせる放送が流れた。

「凪、後で顔貸せ。話がある」

取りあえず凪に一言耳打ちし、開会式に参加する。開会式が終わるとすぐに一般女性部門の競技が始まり、莉羅は出場者控えエリアへと向かった。

「いい波だね。わくわくする」

隣に立つ美弥がやたら興奮してはしゃいでいる。確かに元プロの美弥や俺達には最高の波だ。だが、莉羅はこんな大波に乗った経験がないはず。大丈夫か……？

現に経験豊富なはずの出場者が最後まで波をメイクできず沈んでいく。フィニッシュできたとしても、ライディングが中途半端で高得点に繋がるような技は少ない。

遅れてやって来た寺っちも莉羅のことを心配そうに見つめている。中でも一番不安な顔をしていたのは香苗さんだ。

「姉ちゃん、ノーズライディングやるつもりか？」

これには全員が驚いて息を呑む。あのおっとりとした莉羅が麻里奈を挑発するような強気なライディングをするとは思っていなかったからだ。そして莉羅はボードの上を何度も前後し、ノーズライディングを見事に成功させた。

「莉羅ちゃん、エグいことするねぇ〜。麻里奈の目の前で彼女の得意技を決めちゃった。それも麻里奈が失敗した直後に。麻里奈、ショックだろうね〜」

美弥の言う通りだ。今のライディングで麻里奈のプライドはズタボロだ。

その後、莉羅はもう一本、波が巻き始めたタイミングで大きな飛沫を上げながら何度もダイナミックなターンとスピンを決め、完璧に波をメイクした。

ここまで波に乗った回数は、麻里奈が四回、もうひとりの女性が三回、莉羅が二回。

「そろそろ時間だな」

後一本、莉羅が大技を決めれば優勝は間違いない。誰もがそう思った時、麻里奈が意地を見せた。先ほど失敗したノーズライディングを成功させたのだ。それもお手本のような美しいフォームで。

皆、無言になり、不利になった莉羅を心配そうに見つめる。

その時だった。大きく盛り上がった海面が沖から迫ってきたのだ。間違いなく今日一番の大波。先に気づいた麻里奈がテイクオフしようとしている。

あの波を奪われたら、莉羅は負ける。

そう思った俺はありったけの声で叫んでいた。

「莉羅！　立てーっ！」

莉羅が後ろを振り向き、素早くボードに足を乗せる。

その波は絶対に譲るな。お前が乗るんだ。

「莉羅、テイクオフ！」

俺はもう一度叫び、夢中で走り出す。その直後、莉羅が麻里奈に競り勝ち立ち上がった。

「よし！　行けーっ！」

波打ち際で拳を突き上げると、莉羅が乗った重厚感のある波が大きく掘れ上がって先端が巻き始める。一瞬だったが、莉羅が微笑んだように見えた。

笑っているのか？　この一番緊張する場面で……。

驚きを隠せないでいると、突然風向きがオンショアからオフショアに変わり、水の壁が滑らかに光り輝く。その光を裂くようにボードが波の中腹まで来たところで莉羅を包むように波がチューブ状になった。

サーファーなら誰もが憧れ、いつかはトライしたいと思う波。筒状になった波の中を疾走するチューブライディング。

しかしこれは危険を伴う非常に高度な技。あれほど大きなチューブになるということは、波に凄まじいパワーがあるということ。もし失敗してあの大波に巻き込まれたら、体にボードが激突して大怪我をする可能性がある。

莉羅を追うように波が崩れ落ち、今にも呑み込まれそうだ。

「莉羅、姿勢を低くしてバランスを取れ！」

チューブの中に居る莉羅には、おそらく俺の声は届いていないだろう。それが分かっていても叫ばずにはいられなかった。

チューブライディングで何より重要なのは、ラスト。抜け方を間違えれば最悪な事態が待っている。

もう優勝などどうでもいい。頼む。無事に戻ってきてくれ。

これまでの人生の中で、今ほど恐怖を感じたことはない。しかし俺の心配をよそに、莉羅は白波に巻き込まれる直前、ボードを後ろに押し出してワイプアウトしたのだ。

それと同時に観客席から大きな歓声が上がる。一向に鳴り止まぬ拍手。見ている者が総立ちになるくらい莉羅のライディングは素晴らしかった。

「來、どうだった？　莉羅ちゃんの波乗り」

いつの間にか後ろに居た美弥が得意げに笑っている。

「お前、莉羅にチューブライディング教えたのか？」

「そっ！　もちろん安全にワイプアウトする仕方もちゃんと教えたよ。でも、こんな大きな波で練習したことなかったから、ちょっとドキドキしたけど」

「お前なぁ……莉羅に無茶させるな！　何かあったらどうする？」

歯ぎしりしながら美弥を睨みつけるも、俺の名を呼ぶ莉羅の声が聞こえた瞬間怒りがどこかに吹っ飛んでしまった。駆け寄ってきた愛しい妻の腰を掴んで高々と持ち上げると莉羅の髪から弾け飛んだ水滴が太陽の光を反射してキラキラと輝く。

しかしその光より眩しかったのは、莉羅の笑顔だ。

「來さん、私のチューブライディング見てくれた？」

「ああ、最高だったよ」

隣で美弥が「はあ？」とか言っているが、そんなのは無視だ。よく頑張ったと労いの言葉をかけ、強く抱き締める。が、なぜか莉羅は俺の胸を押し、キョロキョロと何かを探し始めた。定まった視線の先に居たのは麻里奈だ。

莉羅は波打ち際で座り込んでいる麻里奈に手を差し出して「有難う」と呟いた。

「麻里奈さんが居なかったら、私、こんなにサーフィンが上手にならなかったと思う。麻里奈さんというライバルが居たから頑張れたの。だから、有難う」

麻里奈が莉羅の手を取ることはなかったが、その瞳は穏やかで、自分の負けを素直に認めているように見えた。

戻ってきた莉羅の頭を優しく撫でると、可愛い天使の声が耳に入る。

「ママしゃまー！　パパしゃまー！」

波未がおぼつかない足取りで砂浜を必死に駆けてくる。しかし途中で転び、泣き出した。

「あ、波未……」

倒れた波未のところに行こうとしたのだが、莉羅が俺の腕を掴んで首を振る。

「大丈夫。波未には頼りになる素敵な王子様が居るから……」

見れば、凪が波未を抱き起こして両手で涙を拭っていた。そして呆れたように笑うと屈んで波未に背中を向ける。

「ほら、もう泣くな。俺がおんぶしてやるから」

どこかで見た光景――。遠い昔、俺は転んで怪我をした少女に同じことを言った。

「師匠、リサちゃんと別れたみたいだし、本当に來さんの息子になるかもね」

その意味深な言葉で我に返ったのと同時に、胸の中で激しい嫉妬の炎が燃え上がる。

「な、凪はダメだ！　あいつは生意気で口が悪い」

「でも、來さんに似てるんでしょ？」

「誰がそんなこと言った？」

「來さんだよ」

あ……そういえば、そんなことを言ったような気がする。

しかしそれを認めてしまえば、波未を凪に取られてしまうような気がして意地でも認めたくなかった。なので、さり気なく話題を変える。

「それより、もう莉羅の優勝は決まったも同然。最高の波乗りをした莉羅にご褒美をあげないとな」

俺は莉羅を抱き寄せ、ぽってりとした柔らかな唇に不意打ちのキスを落とした。海水に浸かっていた莉羅の唇は氷のように冷たい。その唇を温めるように舌でなぞると小さな口から潮の香りがする吐息が漏れた。

「ヤダ……來さんったら」

「ご褒美……気に入ってくれたか？」

頬を赤く染めた莉羅がはにかみながら頷き、上目遣いで俺を見る。

「次は來さんが優勝する番だよ。ご褒美のリクエストは？　何がいい？」

「俺の優勝は決まっているから褒美なんていらないよ」

なんて余裕の笑みを向けたが、ひとつだけわがままを言わせてもらえば、莉羅、お前はこれからも俺の隣で笑っていてくれ。

莉羅の笑顔はどんなに辛いことがあっても幸せだと思わせてくれる俺のとっておきの秘薬。最高の精神安定剤なのだから……。

俺は凪の背中から波未を奪い取ると、もう一度、愛しい妻と可愛い娘にキスをした。

そして改めて誓う。お前達ふたりは、何があっても必ず幸せにすると――。

――俺の莉羅と波未への愛は、果てなく続く空より大きく、大洋の海淵《かいえん》より深い。

決して尽きることのない永遠の愛だ……。

――Fin

あとがき

この度は、マーマレード文庫さんからの五冊目『別れたはずの凄腕ドクターが婚約者として現れたら、甘い激愛を刻みつけられました』をお手に取って頂き、有難うございます。

莉羅と來の真夏の恋……いかがだったでしょうか？

本作は十一年前に書いた作品がベースになっているのですが、ストーリーを八割ほど変更しましたので、もはや別物という感じです。そして今回、初めてドクターものに挑戦させて頂きました。（ハイスペックな外科医ではありませんが……）

ドクターものは私には書けないと思っていたので何気に避けていたのですが、やはり難しかったです。（笑）

そして今回も裏話をひとつ——実は、現実世界でそんなこと言う人がいるんだと感動したことがありまして……。

この作品を書く直前のこと。職場の年下の男性が自分の娘ちゃんが保育園に入園することになったと言うので『奥さん、仕事するの？』と聞くと、彼が『嫁さんは何も

（仕事）しなくていい。好きなことをして笑っていてくれたら、それでいい』と言ったのです。（注　標準語に直してあります）

──マジか……何もしないで笑っていたらいいなんて、最高じゃん！

それは、いかに楽をして生きていくかを人生のテーマにしているグータラな私にとって衝撃的かつ魅力的な言葉。そして『その台詞頂き！』と思ったんですね。で、出来上がったのが本作というわけです。（ちなみに、彼にはそのことを伝え、本が発売されたら買ってくれと言ってあります。押し売りですね。笑）

何はともあれ、夏のお話ですので、寒くなる前に発売日を迎えることができて本当に良かったです。（担当さん、安定の遅筆でごめんなさい）

今回のカバーイラストは、優しく柔らかな雰囲気の絵を描かれる蜂不二子《はちふじこ》先生に担当して頂きました。和風テイストの素敵なカバーイラストを有難うございます！

また、本作に携わってくださった関係者の皆様、心よりお礼申し上げます。

そして文庫を読んでくださった読者の皆様、感謝の気持ちでいっぱいです！

皆様の日々が莉羅や來同様、笑顔でありますように。

では、またお会いできることを願って……。

沙紋《さもん》みら

ファンレターの宛先

マーマレード文庫をお買い上げいただきありがとうございます。
この作品を読んでのご意見・ご感想をお聞かせください。

宛先 〒100-0004　東京都千代田区大手町1-5-1 大手町ファーストスクエア
イーストタワー19階
株式会社ハーパーコリンズ・ジャパン　マーマレード文庫編集部
沙紋みら先生

マーマレード文庫特製壁紙プレゼント!

読者アンケートにお答えいただいた方全員に、表紙イラストの
特製 PC 用・スマートフォン用壁紙をプレゼントします。

詳細はマーマレード文庫サイトをご覧ください!!
公式サイト
@marmaladebunko
twitterもチェック!

マーマレード文庫

別れたはずの凄腕ドクターが婚約者として現れたら、甘い激愛を刻みつけられました

2023年9月15日　第1刷発行　定価はカバーに表示してあります

著者　沙紋みら　©MIRA SAMON 2023
編集　株式会社エースクリエイター
発行人　鈴木幸辰
発行所　株式会社ハーパーコリンズ・ジャパン
東京都千代田区大手町1-5-1
電話　03-6269-2883（営業）
0570-008091（読者サービス係）
印刷・製本　中央精版印刷株式会社

ISBN-978-4-596-52486-7

m a r m a l a d e b u n k o